Clara Lê Proust

CLARA LÊ PROUST

Stéphane Carlier

Tradução
Ivone Benedetti

1ª edição

EDITORA RECORD
RIO DE JANEIRO • SÃO PAULO
2023

CIP-BRASIL. CATALOGAÇÃO NA PUBLICAÇÃO
SINDICATO NACIONAL DOS EDITORES DE LIVROS, RJ

H516d   Carlier, Stepháne
         Clara lê Proust / Stepháne Carlier ; tradução Ivone Benedetti. – 1ª ed.–
         Rio de Janeiro: Record, 2023.

         Tradução de: Clara lit Proust
         ISBN 978-65-5587-665-9

         1. Ficção francesa. I. Benedetti, Ivone. II. Título.

21-81785   CDD: 843
                                CDU: 82-3(44)

Meri Gleice Rodrigues de Souza – Bibliotecária – CRB-7/6439

Título original:
Clara lit Proust

Copyright © Éditions Gallimard, Paris, 2022.

p. 45: "True Colors", letra e música de Tom Kelly e Billy Steinberg © Steinberg Billy Music/Denise Barry Music/Sony Music Publishing.
p. 50: "Tout doucement", letra e música de Jean-Paul Dréau © Chappell Sa/Max Music SARL.
p. 80: "Avant de partir", letra de Yves Decary e música de Germain Gauthier © RV International Éditions/Éditions Bloc Notes/ Peermusic France.
p. 135: "Don't Stop Me Now", letra e música de Frederick Mercury © Queen Music Ltd./EMI Music Publishing.
p. 164: "Águas de março", letra e música de Tom Jobim © Corcovado Music Corp.

Texto revisado segundo o Acordo Ortográfico da Língua Portuguesa de 1990.

Todos os direitos reservados. Proibida a reprodução, no todo ou em parte, através de quaisquer meios. Os direitos morais do autor foram assegurados.

Direitos exclusivos de publicação em língua portuguesa somente para o Brasil adquiridos pela
EDITORA RECORD LTDA.
Rua Argentina, 171 – Rio de Janeiro, RJ – 20921-380 – Tel.: (21) 2585-2000, que se reserva a propriedade literária desta tradução.

Impresso no Brasil

ISBN 978-65-5587-665-9

Seja um leitor preferencial Record.
Cadastre-se no site www.record.com.br
e receba informações sobre nossos
lançamentos e nossas promoções.

Atendimento e venda direta ao leitor:
sac@record.com.br

*Para meu irmão, Raphaël,
uma luz na noite*

A questão é libertar o próprio ser: deixá-lo encontrar suas dimensões, não ser impedido.

Virginia Woolf

1
CINDY COIFFURE

A sra. Habib na calçada, só de blusa apesar do frio, estende o braço para afastar o cigarro, o outro está dobrado sob o seio. Rija e, ao mesmo tempo, tremendo, examina a vitrine de seu salão como se buscasse desvendar seu mistério. As letras brancas do letreiro, o imenso cartaz no qual uma mulher penteada como Louise Brooks parece estar olhando para os pés, a lista de preços na porta de vidro. E, na outra extremidade, bem embaixo, inútil e solitário em seu vaso transparente, um talo de bambu que nunca cresceu mais de um centímetro.

— É o nome o problema. Cindy. A filha do ex-proprietário tinha esse nome. Estava na moda em 1982, mas hoje não diz mais nada a ninguém.

A sra. Habib está completamente equivocada quanto à categoria de seu salão. Sonhou tanto com ele, que acabou por se convencer de que dirigia o equivalente a um Dessange, ao passo que o Cindy Coiffure é minúsculo, comprido, escondido num recesso que, por sua vez, está enfurnado numa ruela, sobrevivendo graças a uma freguesia cativa cuja média de idade está próxima dos setenta anos. Cindy Coiffure é exatamente o nome que devia ter.

— E que não me venham falar de nome com *tif*, Qualita'tif e não sei o quê. Odeio trocadilhos.

Dá uma tragada no cigarro, que Clara ouve crepitar.

— Pensei numa coisa, você vai dizer...

Pequena pausa para efeito dramático.

— Jardim das Delícias.

Ela sempre teve problema com nomes. Começando pelo próprio. Nunca perdoou o marido por lhe ter transmitido um sobrenome que lhe fura os tímpanos, quando seu nome de solteira era Delage. *Podem dizer o que quiserem, mas Jacqueline Delage soa bem melhor que Jacqueline Habib.*

— O que lhe lembra esse nome?

Um restaurante chinês, Clara tem vontade de responder, mas se limita a encolher os ombros. Isso não tem importância. Se não fosse o nome do salão, seria a fachada, que precisaria ser repintada, ou um serviço de manicure, que teriam de se decidir a desenvolver (*A Onglerie, na rua Thiers, está sempre cheia, já reparou?*).

Ela sabe o que vai acontecer. A sra. Habib vai dar uma última tragada no cigarro, soprar a fumaça o mais longe possível enquanto esmaga a guimba com o pé esquerdo, depois vai dizer algo como *Ainda não é hoje que a gente morre de calor* e entrar de volta. Nos fundos, vai lavar as mãos e pegar uma pastilha de menta. Vai reaparecer, observando-se num espelho, e voltar à caixa alisando a saia. Alguém vai entrar, o salão vai ganhar vida ao som de conversas sussurradas, da ventania dos secadores de cabelo, de sucessos da rádio Nostalgie — e será como se nunca se tivesse falado de Jardim das Delícias, denominações terminadas em *tif* e nomes da moda em 1982.

A primeira, em geral, é Lorraine. O salão acaba de ser aberto, ela aparece com dois cafés numa bandejinha redonda e se aboleta no banco alto da caixa para bater papo com a sra. Habib.

Administra um bar-tabacaria na esquina da ruela com a avenida Libération. Quando chega ao salão, está de pé há algumas horas e já não se aguenta mais. Não suporta seus fregueses. Uns sujeitos que precisam do calvados dela às oito da manhã e falam com ela como se fosse com a mulher ou a irmã. Pobres coitados que gastam seus auxílios do governo em raspadinhas, o barulho das moedas na mesa quando raspam seu bilhete. Fumantes envergonhados: *Vou levar um maço de Dunhill, puxa, faz tempo.* Jacqueline a ouve em tão perfeita imobilidade que, de costas, se pode jurar que está dormindo em pé. Também visita Lorraine nos momentos de folga, porém mais tarde e com menos frequência. Quando volta, em geral vem cheirando a ameixa e cantarolando.

Lorraine sempre diz *Hoje de manhã eu tinha tanta vontade de vir quanto de me enforcar.* Ela conta os dias até as férias e vai mudando à medida que se aproximam.

Um pouco antes de viajar, quando vai ao salão cortar cabelo e tingir, já não é a mesma mulher, parece irmã gêmea dela, realizada, apaixonada... Volta vermelha como um pimentão, mais cheia, com o cabelo ainda clareado. A felicidade se prolonga, ela fala em se inscrever no tai--chi, em voltar a fotografar, *Desta vez está decidido.* Vai falando disso cada vez menos e, um pouco depois do início oficial do outono, quando se apagam os últimos resíduos de seu bronzeamento, outras palavras retornam à sua boca. *Hoje de manhã eu tinha tanta vontade de vir quanto de me enforcar.*

A sra. Habib, em seu salão às nove da manhã, parece que está jogando num cassino sábado à noite. Blusa de seda havana ou leopardo, pulseiras que fazem seus menores gestos retinir e Shalimar, muito Shalimar, tanto Shalimar que o perfume, impregnando o lugar, tornou-se sua marca registrada, tanto quanto os ladrilhos brancos marmorizados ou as duas notas de carrilhão na entrada. A maquiagem excessiva acentua a expressão de cansaço de seus olhos ligeiramente saltados. A voz é rouca, acabada pelo cigarro como no final de um dia inteiro de espera. A tez é amorenada pelo pó compacto e pelas sessões sob lâmpadas, a sra. Habib é viciada em bronzeamento (nos dias bonitos, no intervalo do almoço, não é raro vê-la na place de la Libération, sentada numa ponta de banco ainda não coberto pela sombra, saboreando sua salada de arroz, com o rosto exposto ao sol).

Muitas vezes, nas manhãs de terça-feira, Clara se pergunta como ela ocupou os dois dias anteriores. As duas não tocam nesse assunto, a relação delas exclui esse tipo de confidência. Foram as confidências feitas às freguesas, pescadas ao longo do tempo, que possibilitaram a Clara imaginar quem é sua chefe.

Portanto, houve um sr. Habib, contrabandista de sobrenome odiado, que se foi de uma maneira ou de outra, morto ou simplesmente ido, Clara não tem muita certeza, esse assunto é o maior tabu de todos. Há uma filha, enfermeira perto de Toulon, que ela vê uma ou duas vezes por ano e por quem não parece morrer de amores. Há Paris — ah, Paris! A sra. Habib já morou lá e, sobre isso, abre-se com facilidade. Conta sempre as mesmas histórias. Que enxergava a cúpula do Panteão da janela da cozinha, que um ator cujo nome Clara esqueceu deixava rosas em seu andar a caminho do teatro, que os parisienses são inteligentes, cultos, que todos leem. *Qualquer mané no metrô tem um livro na mão.* Talvez isso explique as rugas que desenham parênteses de cada lado de sua boca: a tristeza de não viver na cidade onde foi mais feliz.

Mané é uma palavra de que ela gosta. Também gosta de *polvorosa. Sem querer pôr a casa em polvorosa, estamos sem estoque de Infinium, não sei o que aconteceu.* E depois diz *nail salon* em vez de salão de manicure, pronunciando à inglesa: *nail salone. Uma amiga da minha filha abriu um* nail salone *que está bombando em Hyères,* anuncia, atentando para o efeito dessa expressão sobre a interlocutora.

Por outro lado, correm boatos. Alguns anos atrás, alguém a teria visto atravessando um campo de colza na saída de Beaune, seu Mayfair parado um pouco adiante, na beira do caminho. Dizem que estava bêbada. Também dizem que, quando ela apareceu na região, antes de assumir o salão, andava com o homem que na época era prefeito de Dijon.

Ela gosta de homem, disso Clara tem certeza. Dá para perceber, pela maneira como olha os poucos que vêm ao salão, como se dirige a eles, sejam bonitos, feios, jovens, velhos, com uniforme de trabalho ou chinelos Havaianas. Por sua maneira de falar de JB, também. JB é o companheiro de Clara. É também o único assunto pessoal que a sra. Habib se permite abordar com a funcionária. Ou melhor, o assunto que ela não consegue se abster de abordar. Desde o início, desde que ele foi buscar Clara no Cindy Coiffure pela primeira vez. Jacqueline não parava no lugar, seus lábios tremiam de emoção. Percebia-se que lamentava não ter sido avisada, não ter tido tempo de retocar a maquiagem. Comportava-se como se tivesse a idade deles, como se tivesse precedido Clara no coração de JB, era absurdo, parecia um mau teatro de revista. Com o olhar, JB interrogava Clara, que tinha vontade de tranquilizar a chefe, de lhe dizer que estava tudo bem, que não havia problema nenhum, razão nenhuma para entrar em pânico.

Passaram-se alguns dias e certa noite, na hora de fechar, a sra. Habib confidenciou: *Se eu tivesse um homem como ele na vida, não daria a menor bola para o salão. Aliás, acho que nem trabalharia, que passaria os dias cozinhando, arrumando nosso apartamento. Fazendo de tudo para ele não ir embora.*

Antes de atender o telefone, a sra. Habib tira o brinco do lado direito. Depois diz *Cindy Coiffure, Jacqueline, bom dia*, de uma tacada só, olhando para a porta de vidro, mesmo que ninguém apareça, enquanto a mão esquerda sopesa o brinco como se fosse uma bola de gude.

Há Nolwenn, a outra funcionária do salão. Sua fisionomia não tem realmente contornos e raramente muda de expressão. Dizendo que a cunhada teve um aborto ou dando um presentinho de aniversário a Clara, seus traços permanecem neutros, só ganham vida quando ela assiste a vídeos no celular. Um grande sorriso fende a parte inferior de seu rosto quando ela vê um chimpanzé passeando com um leitão na coleira ou um filhote de golden retriever tentando subir o primeiro degrau de uma escada. Durante muito tempo mostrou esses vídeos a Clara antes de parar, provavelmente decepcionada por seu grau de reação. Hoje em dia já não os compartilha e, nos momentos de folga, não é raro ouvi-la rir sozinha no pátio atrás do salão.

Ela diz coisas como *Vai dar certo aí* (em vez de *Vai dar certo*, quando *aí* não se refere a nada), *Ela abotoou domingo com segunda-feira* (quando uma freguesa errou uma casa na hora de abotoar o casaco) e também *cabelo recalcitrante*, que ela usa sempre que pode, desde que ouviu recentemente. Pode até acontecer de empregar duas expressões dessas na mesma frase: *O alisamento da sra. Rinaldi, nem dava para acreditar vendo o cabelo recalcitrante dela, mas vai dar certo aí.*

Suas relações com a chefe nem sempre foram boas. No começo, não dava certo mesmo. *Ela não tem olho bom para a coisa*, dizia a sra. Habib, que, quando a via trabalhar, saía para fumar e se acalmar ou, pior, pegava o lugar da outra no meio do corte. Seu modo de se comportar, a impressão de moleza que ela passava também eram um problema. *Escute, levante-se, parece uma vaca vendo um trem-bala passar!* Parecia óbvio que ela não ficaria. Mas Nolwenn é forte, muito mais do que sua aparência leva a crer. Ouvia as observações de Jacqueline e, sem deixar transparecer o efeito que tinham sobre ela, aprumava-se, refazia um papelote, repetia para si mesma o nome ou a quantidade de um produto. Essa determinação muda deve ter impressionado a sra. Habib, que, contra todas as expectativas, não a mandou embora. E, hoje, as coisas estão melhores. Senta-se assim que tem oportunidade, está sempre com pressa de sair do salão (às sete horas em ponto e praticamente correndo), mas já não comete erros grosseiros e tapa a boca com a mão quando boceja. A sra. Habib ainda a vigia e às vezes lhe passa um sermão (*Afinal, é preciso ter um pouco de classe!*), mas o tom já não é o mesmo. Nolwenn encontrou seu lugar no Cindy Coiffure, a tal ponto que, talvez mais que qualquer outra, parece estar em casa. Como se, com o tempo, tivesse ocorrido uma espécie de simbiose entre aquele lugar simples, modesto, e aquela moça parecida com ele.

Uma vez, ela voltou de férias de cabelo todo encaracolado. Nolwenn. Tinha feito cachos espiralados curtos. É um penteado que não cai bem em ninguém, muito menos nela. O efeito daquela cara grande, rodeada de cachinhos que se agitavam com o menor movimento, era desastroso. As freguesas davam uma parada quando a viam, algumas questionavam a sra. Habib com o olhar (Alguém perdeu uma aposta? Festa à fantasia em vista?). Jacqueline não fez o menor reparo. O dia deve ter parecido muito longo para Nolwenn, que, no dia seguinte, chegou sem cachos.

Há Patrick, também. Esse só trabalha aos sábados e em feriados — Páscoa, Todos os Santos e Natal, quando é visto todos os dias. É mais ou menos um artigo de luxo do Cindy Coiffure esse Patrick. É verdade que se trata de um cabeleireiro excepcional, como a sra. Habib repete sem parar. *Um dia, ele vai ter seu próprio salão em Dijon ou mesmo em Lyon.*

Ele é um rapaz meio musculoso, com uma apresentação nem sempre irrepreensível. A vida dele não parece simples, está separado da mãe de seu filho, que ele não vê com a frequência que desejaria. Está sempre fazendo cálculos — o preço dos cortes, o montante das gorjetas, a soma das horas trabalhadas — e perde a calma com facilidade. Uma vez, tratou uma freguesa, a sra. Garcin, de *bunda velha*. A sra. Habib o obrigou a pedir desculpas, o que ele fez, e a sra. Garcin afirmou que não tinha se ofendido, mas nunca mais apareceu.

Clara acha que ele pelo menos podia sorrir um pouco mais. Jacqueline deve pensar o mesmo, mas não diz nada. Assim como não comenta o que pensa de seus atrasos, de suas unhas roídas ou das camisetas pretas que ele usa por fora das calças. Tinha muito medo de perdê-lo. Não é exatamente a mesma nos dias em que ele trabalha. Fica tensa, fala menos, observa-o furtivamente, para ter certeza de que tudo corre bem. Sabe que deve a ele a pouca reputação de seu salão. Algumas freguesas vêm de Lons para se pentear com ele. Clara é boa, as freguesas a apreciam, mas não fariam uma hora e meia de viagem por ela.

Patrick também gosta de Clara. Ele a faz sentir que é uma das raras mulheres que não o deprimem no Cindy Coiffure. Uma vez, em seu celular, ele lhe mostrou desenhos, umas espécies de mangás eróticos e violentos em preto e branco. Ela ficou impressionadíssima, foi ele que fez isso? Ele também tentou convertê-la ao Rage Against the Machine, a maior banda de heavy metal de todos os tempos, segundo ele, mas ela não foi fisgada.

Certo sábado, quando fazia um atendimento atrás do outro, soltou que não ia *mofar nesse buraco*. No pátio, atrás do salão, tragava um cigarro enrolado, entre um atendimento e outro. Era verão, o ar-condicionado estava quebrado, lá dentro se sufocava. *E você também não*, acrescentou. Ela adoraria que ele continuasse, mas ele esmagou o cigarro contra a parede e voltou ao batente.

A sra. Habib presta verdadeiro culto a Jacques Chirac. Segundo ela, a França nunca foi tão grande como quando ele era presidente, e tudo começou a dar errado depois. Chegou a ponto de prender com percevejo uma foto dele na parede, perto da caixa, uma foto pequena em preto e branco, recortada de uma revista, em que ele está quase irreconhecível, parecendo um ator da era de ouro de Hollywood. Às poucas freguesas que ainda descobrem a fotografia, ela explica: *Com esse físico, o que é que você quer?* Tradução: quem é bonito assim só pode realizar grandes coisas.

Todos se extasiam com JB. Freguesas, amigas, a irmã de Clara. Até seus pais, que não são do tipo expansivo, sentem necessidade de se expressar. *Você sempre teve sorte, desde pequenininha* (a mãe). *Se for por causa do dinheiro que vocês não se casam, a gente pode colaborar* (o pai).

É verdade que ele tem todas as qualidades. Fisicamente, é parecido com Flynn Rider, de *Enrolados*, o desenho animado. Tal como este, tem mechas pretas caindo sobre os olhos, corpo de jogador de futebol americano e um fraco por brincadeirinhas (tipo espuma de barbear na ponta do nariz, fantasiar-se em festas). Sua pele não ostenta marca nenhuma de desgostos nem do passar do tempo, como lhe dizem constantemente. Tem a profissão com que sonham todos os meninos, bombeiro, e até vai falar sobre ela em escolas. Destaca-se num número impressionante de esportes: futebol, vôlei, motocross e se vira bem no tênis. É atento e atencioso, nunca se esquece de dar flores a Clara no dia 11 de agosto e de organizar uma festinha surpresa para o aniversário dela.

Bom, isso é o que os outros veem. O que Clara também viu no início do relacionamento. Hoje, quase três anos depois do primeiro encontro, ela vê sobretudo um homem com pontos fracos. Que, certas manhãs, fica em frente à janela da sala, com a tigela de Chocapic na mão e um ar de grande tristeza. Que bebe um pouco demais na véspera dos dias de folga, praticamente não fala com o pai, às vezes se debate dormindo, proferindo insultos horríveis. Um homem que ela deixou de desejar. É essa a nuvenzinha bem instalada no céu de sua vida. Seu Flynn Rider, cuja mera lembrança era suficiente para eletrizar até o dedinho de seu pé, parece-lhe tão apetitoso quanto um prato de frios depois de um peru de Natal. Ela observa o canto de sua boca que se ergue sozinho, o castanho--claro de seus olhos, a maciez de seus cabelos, e nada. *Nada, niente, nichts*, diria a sra. Habib.

Ela pensa nisso enquanto vai de ônibus para o salão. Lembra-se de que, no início daquele relacionamento, aquela hora do dia era a oportunidade de trocarem mensagens. Eles haviam acabado de se ver, tinham dormido juntos, estavam saciados um do outro, mas o desejo persistia. Então ligavam um para o outro, sem nada para dizer, na verdade. Clara virava a cabeça para o lado da janela e ouvia a voz ainda sonolenta de JB contando o sonho da madrugada ou fazendo uma lista dos lugares onde queria beijá-la. E, como se não bastasse, trocavam mensagens ou fotos de certas partes do corpo. Clara gostava da área plana abaixo do pescoço dele, adorava pousar a mão ali, a pele era macia, e os pelos que a cobriam tornavam-na sedosa. Então JB tirava uma foto dessa parte antes de se enfiar debaixo do chuveiro e a enviava para lhe dar coragem, e funcionava, saber que tinha a foto do esterno do amado no celular ajudava Clara a atravessar o dia.

Hoje não faz mais sentido. Pensar nisso é como se ouvisse falar uma língua que deixou de entender. No ônibus, envia uma mensagem à mãe ou bate papo com a irmã, depois passa algum tempo no Instagram e o abandona antes de ver todas as novas publicações em seu *feed*. Ainda vira a cabeça para o lado da janela, mas é para pensar no apagamento do desejo, nas suas interações físicas com JB, que agora se limitam a beijos na boca (assim mesmo, pouco) ou na testa (cada vez mais). Para dizer a si mesma que, em breve, serão mais ou menos como irmão e irmã. E, pronto, chegou à place de la Libération.

Ela não entende por que a maioria das pessoas acha os gatos fascinantes. O dela não tem nada de fascinante. É uma grande bola de pelos brancos que dá no pé assim que uma mão se estende para acariciá-lo e, depois de onze meses de convivência, bufa quando cruza com os donos no corredor. Os outros traços de seu caráter, pelo que Clara pode julgar, são a gula (ele é muito gordo), a preguiça e a tristeza. Sua única qualidade, a fotogenia, é inútil, porque, além dos donos, ninguém o vê. Assim que um convidado põe os pés no apartamento, ele vai correndo refugiar-se num de seus esconderijos, de onde só sai no dia seguinte, ou mesmo dois dias depois. *Ele é genioso*, diz JB para desculpá-lo, o que tem o dom de exasperar Clara. Ele não é genioso, deve ter sido maltratado ou caído de um terceiro andar, talvez até as duas coisas, o que o tornou muito infeliz e profundamente antipático.

— Vá em frente, dessa vez vai dar certo, hein!

A sra. Habib a Nolwenn, que vai tirar carta de motorista. Com as mãos pousadas nos ombros dela, obriga-a a se endireitar, incentiva-a a acreditar, a sorrir. Parece até um treinador treinando um pugilista. É preciso dizer que é a quinta tentativa de Nolwenn, que, caso não passe, terá de *repetir tudo* (repassar o código também). Da última vez, topou com uma examinadora completamente louca, que lhe explicou que as trilhas de aviões no céu são mensagens escritas por membros de uma elite satânica mundial (ou algo assim). Da vez anterior, o examinador tinha a cabeça no lugar, mas Nolwenn esqueceu a carteira de identidade.

Manhã tristonha no Cindy Coiffure, cada hora parece uma prova de resistência. Lá fora, clima escocês: chuva, vento, escuridão. Dentro, não está muito mais alegre. Nolwenn não passou no exame da carteira de motorista (bateu numa lixeira de reciclagem quando tentava fazer baliza) e, por algum motivo, a iluminação interior de um pequeno armário de vidro entregue no mês passado parou de funcionar. Acontece que a sra. Habib adora essa vitrine encomendada por catálogo que, em sua opinião, ainda confere mais classe a seu salão. No dia da entrega, ela parecia uma criança em manhã de Natal, começou a aplaudir quando o instalador acendeu a luz e, durante uma semana, perguntou a cada freguesa que passava pela porta: *Não notou nada?* Naquela manhã, nem sequer tenta disfarçar. Ninguém a ouve, a não ser às dez horas, quando ela sai do quartinho dos fundos, onde desligou "J'ai encore rêvé d'elle", suspirando: *É um alívio quando acaba.*

História de Raymonde

Saio de casa para ir ver a minha irmã, são seis e meia. Chegando na rodoviária, espera, espera, nada de ônibus. Bom, quer dizer, o ônibus tá lá, na minha frente, mas não dá pra embarcar, não tem motorista. Como nessa hora a estação tá fechada, preciso esperar pra falar com um motorista pra descobrir o que que tá acontecendo. Ele fala que o Dédé teve um ataque quando tava saindo de casa, o ônibus pra Nuits tá cancelado. Coitado do Dédé, eu digo pra mim mesma. Azar, vou amanhã. E volto pra casa. Em casa, ligo pra minha irmã, faço uma comidinha. O René tinha me avisado que ia passar a noite na bocha. Ele aproveita pra ir jogar bocha quando eu vou visitar a Geneviève. Então eu como alguma coisinha, limpo umas vagens, tiro a roupa do varal. Aí preciso me encostar, por causa das minhas pernas. Me deito na cama e, não tem jeito, acabo dormindo. Depois de um tempinho, sinto a cama balançando feito um barco e escuto uns guinchos. Acordo pensando: cada sonho esquisito que eu tenho. Só que não estou sonhando. Acendo a luz e o que é que eu vejo? Uma mulherzinha na minha cama! Uma mulherzinha fazendo a coisa com o meu René! Ela de quatro, de bunda pra cima, e ele ajoelhado, mandando brasa por trás (desculpa a vulgaridade, Jacqueline, mas estou contando como aconteceu). Não sei de onde saiu aquela mulherzinha, é tipo chinesa com um quilo de batom na boca. Quando me vê, começa a berrar feito uma porca, pula da cama e sai vestindo a calcinha. Só que isso é impossível, então ela se estatela no chão. Aí, sabe o que acontece? O René pergunta se está tudo bem. A outra não responde, se levanta e sai pulando numa perna só, terminando de vestir a calcinha. Que circo é esse?, eu pergunto pro René, que tá se vestindo. Sabe o que que ele responde? Ué, você não tá na casa da Geneviève? Só isso que vem na cabeça dele! Não, juro... Eles pensavam que estavam sozinhos na casa. No escuro não podiam me ver mesmo. O René começou a me contar umas histórias, eu não quis saber de nada, botei ele pra fora. Vai ficar com a tua chinesa! Eu não conseguia nem olhar na cara dele. Ele não insistiu. Botei as coisas dele na porta, enquanto eu ia pondo, ele ia pegando. Ele não dizia nadica, tava em choque também, tinha sido uma bruta surpresa me encontrar na cama... Eu não consegui voltar pro nosso quarto, dormi no quarto da Francine. No fim, não dormi muito. Não parava de pensar no que tinha acontecido, me perguntando onde o René tava passando a noite, principalmente porque tava chovendo. Achei que ele tinha voltado pra casa da mãe dele, mas não ouvi o carro nem a porta da garagem. Hoje de manhã, pela janela da cozinha, eu vi que a porta do quarto de despejo do fundo do jardim tava meio aberta. Ele dormiu lá.

Faz alguns dias que Lorraine se queixa de vertigens espetaculares que lhe dão a impressão de estar num elevador em queda livre. *Nunca senti nada tão horrível. Toda vez que isso acontece, tenho vontade de morrer.* A sra. Habib ouve muito atenta, porque está interessada e porque, assim que acaba de abrir o salão, essa grande insone é acometida de uma soneira monstruosa — a ponto de, muitas vezes, ficar batendo o pé no chão para ouvir a amiga sem dormir. *É terrível*, comenta. Depois, como Lorraine não diz mais nada e nunca é bom que um silêncio se prolongue, e é isso o que a preocupa, ela emenda: *As pessoas desprezam o rosa, acho que é injusto. Rosa antigo é lindo. Num quarto, por exemplo.*

Ele apareceu no Cindy Coiffure várias vezes seguidas. Baixo, de cabelos brancos, sobretudo bege. Chegava, dava um beijinho na sra. Habib, cumprimentava Nolwenn e Clara com um aceno de cabeça e se sentava numa das cadeiras da direita da entrada. Observava o que acontecia no salão, perdido em pensamentos. Às vezes, pegava uma revista e a folheava antes de a devolver ao seu lugar, rapidamente. O nome dele não figurava na agenda de horas marcadas, ele não estava lá para cuidar do cabelo, então por que ia? O nervosismo da sra. Habib na presença dele não encorajava a fazer perguntas. Depois de um tempo, quando tinha sido mais ou menos esquecido, ele ia embora discretamente.

Aconteceu três ou quatro vezes. Aí, um dia, ao vê-lo chegar, Jacqueline foi ao seu encontro.

— Bom, Roger, agora chega!

Ele partiu de novo imediatamente e nunca mais foi visto.

É sábado e Patrick não está. A sra. Gobineau, sua primeira freguesa do dia, está esperando há meia hora, embasbacada, como se tivessem acabado de lhe comunicar a data exata do fim do mundo. É evidente que os trinta minutos seguidos de sucessos da rádio Nostalgie já não são suficientes para relaxá-la.

Quando a sra. Berrada, segunda freguesa, chega, ecoa um trovão, fica escuro como às seis da tarde, e Patrick ainda não apareceu. A sra. Habib decide ligar para ele, cai na caixa postal, ela deixa uma mensagem que ninguém ouve por causa do barulho do secador de cabelos que Nolwenn está usando. Ela desliga, lança um olhar preocupado para a porção de céu violeta visível do salão e se oferece para cuidar pessoalmente dos cabelos da sra. Gobineau, que prefere ir embora (precisa ir ao açougueiro do mercado, a quem encomendou fígado de vitela, está chateada por ir sem fazer o cabelo, mas evita reclamar, convencida de que aconteceu alguma coisa ao seu cabeleireiro favorito).

Quando Patrick finalmente dá o ar da graça, já passa bastante das onze horas. Estava com o filho desde ontem, e a ex-mulher acaba de ir buscá-lo. *Era isso ou eu vinha com ele.*

Clara mal consegue acreditar. Primeiro, porque ele fica com o filho aos domingos, nunca às sextas-feiras. Segundo, porque exala cheiro de cigarro, Red Bull e, obviamente, está com a roupa do dia anterior. Ela tem quase certeza de que ele está chegando do Hangar, boate de Chenôve da qual ele fala com frequência e onde deve ter passado a noite.

Ele começa a trabalhar de imediato, com a energia extra que as noites em claro proporcionam. A sra. Habib o observa fazendo maravilhas na sra. Berrada que, aparentemente pouco incomodada com o estado de seu cabeleireiro, descreve-lhe em detalhes o cardápio do iminente casamento de sua filha. Patrick é um cara de sorte. Por pura formalidade, a patroa vai lhe fazer uma advertência, mas tão atenuada que será quase um elogio.

Mais tarde, como é sábado e eles estão atrasados, Jacqueline retira as pulseiras, arregaça as mangas da blusa caramelo e trata de enrolar os cabelos da sra. Rousseau, o que é excepcional. E, como agora está tranquila, após o medo que passou por causa do funcionário, pois tudo está de novo em ordem depois de terem beirado o desastre, ela começa a se abrir. Clara ouve-a dizer que antigamente costumava ir a uma casa noturna em Paris onde cruzava com *um monte de estrelas*. Tinha dançado lá com certo Jacques Chazot,* que elogiara sua beleza antes de cochichar ao seu ouvido *Paris lhe pertence...* Jacqueline, que ficou imóvel depois de colocar o último rolo na cabeça da sra. Rousseau, reanima-se de repente. *Ah, a gente não deve adentrar a caixinha de lembranças.*

---

* Jacques Chazot (1928-1993) era bailarino, escritor e socialite. Conhecido pelas tiradas de humor, nunca fez segredo de sua homossexualidade. [N.T.]

Quarta-feira, 14 de agosto. Não há nenhum nome na agenda. A partir de amanhã, o salão ficará fechado por duas semanas. Clara jogou *Candy Crush*, cansou-se e agora está preenchendo um teste que encontrou numa *Elle* antiga: *Você sabe como potencializar sua sedução?* Ocupação perfeitamente inútil, porque, além de não se importar nem um pouco com a resposta a essa pergunta que ela nunca se fez, a página de resultados está faltando, provavelmente arrancada por alguma freguesa para ler em casa.

Duas andorinhas estridentes passam pela frente do salão. Nolwenn e Patrick estão de férias. A sra. Habib saiu para comprar cigarros. A única coisa um pouco construtiva que Clara e ela fizeram de manhã foi procurar o melhor local para um cartão-postal enviado por Patrick e recebido ontem. Um cartão do Festival de Velhos Arados, escrito parcialmente em bretão, que por fim encontrou lugar sobre o balcão, contra a parede, abaixo da foto de Jacques Chirac. Ah, não vai ficar lá. Fica algumas semanas, no máximo, depois vai aterrissar na gaveta do balcão, entre moedas de troco, bobinas de maquininha e cartões de visita de representantes comerciais que passaram pelo salão e depois desapareceram discretamente.

A sra. Habib retorna cantarolando "Le Sud", que ouviu mais cedo na rádio Nostalgie. O suor desenha auréolas marrons em sua blusa bege. Ela arruma os cigarros em sua cigarreira prateada, depois desaparece no quartinho dos fundos, onde Clara a ouve escovar os dentes. Segue-se um silêncio, preenchido progressivamente por discretos roncos. Eles param, Jacqueline reaparece logo depois e se aproxima de Clara, que se sentou atrás da caixa registradora para ficar no eixo do ar-condicionado. A patroa a observa alguns segundos enquanto ela rola fotos no celular, depois: *Se quiser ir, vá. Acho que por hoje a missa está rezada.*

Os almoços na casa dos pais a mergulham num estado cada vez mais confuso. Um misto de angústia e ternura, angústia diluída, é muito estranho. O momento contribui muito. Domingo. Domingo, meio-dia. O tempo então parece se esticar, como se nesse dia a Terra, de propósito, girasse menos depressa entre onze e meia e dezesseis horas. Além disso, a luz branca atrás das cortinas de voal das janelas da sala, as braçadeiras com pompom segurando reposteiros, o frango com vagens que a mãe preparou para eles, o cheiro que ele espalha pelos outros aposentos além da cozinha e se mistura com o de roupa limpa ou encáustica. Tudo isso a comove — tranquiliza e entristece — toda vez como se descobrisse então que sempre conheceu aquilo, pois foi ali que cresceu.

O mais penoso é a caminhada que sucede à refeição, por uma estrada plana, ao longo dos campos, nas proximidades da cidadezinha. A luz é sempre muito forte. Clara se adianta aos pais, que, conversando com JB, andam mais devagar. Às vezes até param. Essas pausas a irritam tanto quanto as demonstrações de afeto por aquele que gostariam muito de ver entrar de verdade na família. O ar de contentamento da mãe, as perguntas bobas do pai (*Existe bombeiro fumante?*), JB feito um paxá no meio dos dois. Ele sempre disse a Clara: *Você tem tanta sorte de ter pais assim, os meus não são desse jeito.*

De tanto pensar nisso, ela acaba entendendo. Enfim, aproxima-se do que parece ser uma explicação. A coisa lhe vem à mente numa noite de domingo no caminho de volta, enquanto, no extremo, o céu esgarçado lança ouro sobre os campos de Saône-et-Loire. O que lhe causa esse desconforto são perguntas. *É assim que tudo culmina? Será que nunca seremos mais felizes que isso?*

No salão, visita de Audrey, ex-funcionária que veio mostrar seu bebê nascido na semana passada. Malo, três quilos e duzentos ao nascer. *Um Leãozinho, como o pai.* Também: *Nem senti ele passar, diferente do Elliot.* Sim, porque é o segundo desde que ela saiu do Cindy Coiffure. Clara, embevecida, acaricia a barriga do bebê com o dedo indicador. Nolwenn, contratada pelo salão depois da saída de Audrey, é menos expansiva. Quanto à sra. Habib, embora continue demonstrando simpatia pela ex-funcionária, sempre teve certa dificuldade com crianças, em especial com recém-nascidos. Assim que Audrey passa de volta pela porta com seu carrinho, ouve-se Jacqueline murmurar: *Bom, enfim, nessa idade, não passam de tubos. Tudo o que entra de um lado sai do outro.*

— Está me machucando!

Ao retirar os tubos modeladores, Nolwenn arrancou uma mecha do cabelo da sra. Quintin. Coisa difícil de entender, porque ela praticamente só faz isto, permanente e cachos.

Não escapou à sra. Habib. *Se quiser fazer besteira, vá para a Mariella Brunella, lá vão te receber de braços abertos!* Mariella Brunella é o nome de um salão no shopping do Carrefour. A sra. Habib acha um horror, considera o pior lugar para fazer o cabelo, o pior lugar e ponto — no entanto, frequentemente lotado, ele decerto vai melhor que o Cindy Coiffure, atrai uma freguesia mais jovem e diversificada etc.

Nolwenn pediu desculpas à sra. Quintin, mas, como a expressão de seu rosto é sempre indecifrável, deu a impressão de não estar sendo sincera.

O técnico que veio consertar o armário-vitrine valia dez semanas de espera. É maravilhoso. Uma espécie de perfeição. Henry Cavill, pensa Clara. Nino Castelnuovo, lembra a sra. Habib. Um moreno charmoso, ombros de nadador e, ainda por cima, uma desenvoltura, uma elasticidade nos gestos. É de se perguntar o que que ele faz em Saône-et-Loire consertando móveis-vitrine em vez de estar desfilando nas passarelas de Paris ou Milão. Tinha de ver a cena no Cindy Coiffure no final da manhã, as cinco mulheres presentes no salão que nem estátuas, observando o rapaz se agachar, se ajoelhar, depois se deitar no chão e se contorcer para conseguir passar a mão por baixo do móvel, num conserto que foi rápido demais. *O problema era no plugue*, explica, *troquei por um novo*. O lance é recolocar o velho para chamá-lo de volta.

Quando o viu pela primeira vez, Clara não conseguiu conter um sorriso. Panaca. Achou que aquilo era um trote, que ele estava gravando um vídeo para uma despedida de solteiro ou coisa assim. A sra. Habib, porém, entendeu. A porta não tinha acabado de se fechar atrás dele e ela já o convidava a se desfazer do agasalho, com o ar expedito das pessoas acostumadas a lidar com situações delicadas.

— Marquei horário às onze horas — disse ele, tirando o casaco. — Com o nome de Claudie.

Jacqueline balançou a cabeça para fazê-lo entender que a explicação não era necessária, em seguida pegou o casaco e indicou uma das cadeiras perto da entrada.

— A Clara está terminando o cabelo da sra. Weil e já vai lhe atender.

Ele foi sentar-se, enquanto a rádio Nostalgie tocava "True Colors", de Cyndi Lauper, ironia da programação que nenhuma das três mulheres presentes na sala estava suficientemente relaxada para notar. Jacqueline retomou a limpeza do *display* sob o balcão como se nada de incomum tivesse acontecido. Clara desfez os modeladores da sra. Weil franzindo a testa, recriminava-se por seu sorriso estúpido. Quanto à referida sra. Weil, olhava para o vazio com expressão de espanto em seus olhos de galgo, e quase dava para ouvi-la pensar: *Será que alguém vai afinal me dizer que sentido tem essa vida?!*

> *But I see your true colors*
> *Shining through*
> *I see your true colors*
> *And that's why I love you*

Claude Hansen, motorista do ônibus escolar de Romain-Rolland, tinha virado mulher. Ou melhor, Claudie Hansen tinha virado ela mesma depois de andar perdida por mais de cinquenta anos na pele de Claude. Foi o que ela explicou, depois da partida da sra. Weil, para a sra. Habib, Clara e Nolwenn, que, chegando da aula da autoescola, olhava para ela como se visse o soldado do monumento da place de la Libération ganhar vida.

Claudie falava da fase final de seu *coming out*, que ela queria que fosse lento e progressivo, para evitar sofrimentos desnecessários. Primeiro deixou o cabelo crescer (*Parecia um mosqueteiro*) antes de usar saltos (*O mais difícil, porque já não havia dúvida possível*) e, depois, roupas femininas. Joias, maquiagem, essas coisas não eram com ela. Numa cidadezinha como aquela onde vivia, a transformação dificilmente poderia passar despercebida. Tinham rosnado, futricado, caçoado, mas também havia as inundações do rio Dheune no inverno, o termômetro que não fica abaixo de vinte nas noites de agosto, preocupações com a saúde, de modo que, com o tempo, aquela mulher enorme que se via no mercado tinha se tornado tão familiar quanto o frontão um pouco sombrio da igreja ou as guirlandas de Natal que não tinham sido retiradas da rua principal. Deixar de vê-la é que chamaria atenção.

Quando Nolwenn, sempre menos tímida do que parece, observou que não devia ser fácil em sua profissão, *com todas aquelas crianças*, Claudie explicou que não, que os adolescentes a respeitavam no geral, que tinham a mente um pouco mais aberta, que quem reagia pior eram (e aí suas falanges com articulações salientes tinham começado a mostrar seu valor) os mendigos bêbados, os rapazes quando em grupo e as mulheres pobres, muitas vezes com carrinho de bebê. Uma dessas tinha corrido atrás dela, certa vez, em Auchan, ela teve de se refugiar na peixaria, de onde ouvia que a outra continuava xingando do outro lado.

— Bom, é certo que em nenhum lugar eu fico mais tranquila do que na minha roça.

Olhou-se no espelho e, com o dedo anelar, afastou algumas mechas da testa.

— E aqui — continuou. — É verdade, com vocês, eu me sinto bem. Eu me sinto eu mesma.

Cinza-prateado fica muito bem, é muito chique, mas a sra. Lévy-Leroyer quer tentar outra coisa. Com Clara, passa em revista as diferentes cores que combinariam com seu rosto seco e ossudo, mas sublimado por olhos cor de esmeralda. Ela acaba por encontrar. *Ah, já sei! Loiro Bernadette Chirac.* A sra. Habib, ocupada em copiar nomes numa agenda novinha em folha, lança-lhe um olhar preocupado por cima dos óculos. Acaba de ouvir o nome de sua maior rival.

Lorraine falou das vertigens ao dr. Maître, que mandou fazer uma ressonância magnética. Horário marcado no hospital de Le Creusot daí a doze dias. Maître não arriscou um diagnóstico, mas Lorraine está convencida de que tem um tumor no cérebro. *Fui muito infeliz, isso acabou subindo.* Esta manhã, não se fez ouvir. Chegou com dois pacotinhos de *speculoos*, além dos cafés habituais, sentou-se em seu banquinho e praticamente não abriu a boca. Passeou um olhar melancólico pelo salão, observou Nolwenn, depois Clara, com jeito de quem diz *Apesar de tudo, a gente se divertiu bastante, vou sentir falta de vocês, amigas.*

Depois que ela saiu, Nolwenn aproveitou o recebimento do pagamento de sua primeira freguesa para pegar os dois pacotinhos de *speculoos* que tinham ficado no balcão. Escorregou um deles para dentro do bolso e abriu o outro para devorar seus biscoitos imediatamente.

Ele vem sem marcar hora, numa quarta-feira, meio da tarde. É outono, o dia já está declinando. Nolwenn está num seminário de gestão e a sra. Habib saiu para comprar paracetamol. Foi um dia tranquilo.

Clara logo vê que ele não é do pedaço. Pela maneira de se comportar, perguntar *Tudo bem, sem hora marcada?* Seus gestos são amplos e nervosos. Ele afunda na cadeira rapidamente e logo fica imóvel. Ela cogita que ele é artista, ator — sim, ator, há muitos que não são conhecidos. Ela não se atreve a pôr as mãos nos ombros dele.

— O que vamos fazer?

— Ah, ãh, algo *clean*. Curto. Enfim, tem de ser *clean*, confio em você.

— Como costuma se pentear?

Ele passa uma das mãos acima da cabeça, da direita para a esquerda.

— Assim.

— E a nuca? Raspada?

— Sim.

— Reto ou degradê?

— Reto está ótimo.

É um cabelo muito fino, ela passa os dedos, uma verdadeira seda. O menor corte de tesoura ficará visível, vai ser preciso prestar atenção, ir com calma.

— Eu tenho um calombo de nascimento, não se assuste.
— Não se preocupe.

Xampu. Ele fecha os olhos, ela aproveita para olhar o rosto dele de cima para baixo e acha que ele está ensaiando mentalmente seu texto. Por que tem necessidade de imaginá-lo ator? Pergunta-se se seriam felizes juntos. Talvez, se ela fosse atriz também. Ou artista. Enfim, não cabeleireira. Se acontecesse, será que ainda o desejaria depois de três anos de convivência?

Enquanto ela corta, não conversam. Num salão, teme-se facilmente o silêncio, sente-se a obrigação de encurtá-lo, mas não desta vez. É um silêncio de concentração, um silêncio de prazer, sem vazio nem ausência. A rádio Nostalgie está tocando "Tout doucement", de Bibie. Clara acha a canção linda e promete a si mesma que vai ouvi-la novamente no ônibus. Isso lhe acontece regularmente. Fica emocionada com canções que tinha esquecido e imagina encontrá-las no YouTube, quando estiver sossegada. No entanto, ao sair do salão, sempre se deixa envolver por todo tipo de coisa — comprar leite, ligar para a mãe — e nunca faz o que planejou.

> *Tout simplement*
> *Fermé pour cause de sentiments différents*
> *Reviendrai p't-être dans un jour, un mois, un an*
> *Dans son cœur, dans sa tête*

O homem abre os olhos e lhe sorri. Ela o imita antes de baixar a cabeça. Esse aí, mesmo depois de três anos, despertaria seu desejo...

E então a sra. Habib chega, e "Tout doucement" dá lugar a um anúncio do Leclerc.

Jacqueline limpa os pés no capacho.

— A cruz da farmácia se soltou, está balançando na ponta de um fio, é impressionante.

Ela percebe que não conhece a pessoa que Clara está atendendo, homem ainda por cima. Ocorre uma mudança instantânea: ela entra no modo *Homem no salão*. Vai bem ereta pendurar o casaco no cabideiro e volta acariciando os espaldares das cadeiras como se esse gesto fosse a expressão de uma sensualidade irreprimível. Não tem jeito.

Quando Clara termina, o homem se levanta, e ela se torna uma estranha para ele novamente. Ao mesmo tempo, a sra. Chicheportiche chega com o neto, Ferdinand. É quarta-feira, ela foi buscá-lo na aula de trombone e o leva *ao barbeiro*. Clara pega os agasalhos deles e vai guardá-los no cabideiro. Quando volta, o homem foi embora. Não deixou gorjeta. Ela está um pouco decepcionada. Não pela gorjeta, mas porque não vai vê-lo mais. Acomoda Ferdinand e, enquanto aciona o pedal que levanta o assento com o pé, seu olhar é atraído por um objeto no carrinho. Um livro, esquecido pelo homem. Um livro de bolso. Ela não pensa em sair atrás dele. Aquilo será um bom motivo para ele voltar ao salão. Depois ela se dá conta de que, se a sra. Habib notar, vai ficar muito feliz de correr atrás dele para lhe devolver seu bem. Então se aproxima do carrinho, abre a gaveta e nela deposita o livro com a mesma naturalidade com que guardaria um pente ou uma tesoura. Jacqueline não viu, está ouvindo a vovó Chicheportiche falar de uma casinha que acabou de herdar. *Com uma glicínia por cima da porta, como eu sempre quis.*

Clara se sente melhor. Aquele livro na gaveta é um pouco como se o homem ainda estivesse lá. Passa a mão no cabelo de Ferdinand, depois a pousa em seu ombro. Ferdinand muda, ganha densidade, confiança. Enfim, na aparência. Quando ele responde às perguntas dela, suas bochechas sempre se abrasam.

Só mais tarde, ao abrir a gaveta para pegar um elástico de cabelo, ela encontra o livro que tinha esquecido. Pensa no homem, no seu mistério, em seu nervosismo agradável. Ele não voltou ao salão. E se ele tivesse deixado o livro de propósito? Ela descobre o título e a capa. Nela se vê uma mulher com um belo vestido de musselina e um menino de faces rosadas. Detalhe de um quadro antigo. Ela abre, folheia, encontra uma página com a ponta virada, mais ou menos no final do primeiro terço. Uma frase foi sublinhada com esferográfica azul. *Você tem uma bela alma, de rara qualidade, uma natureza de artista, não deixe que lhe falte aquilo de que precisa.*

Ela porá o livro na bolsa. Ele ficará lá até a segunda-feira seguinte, quando, em casa, organizando a bolsa, antes de ser distraída por uma visita da vizinha, ela o colocará na mesa da sala. Na manhã seguinte, ele chamará a atenção de JB que, entrando no aposento com sua tigela de Chocapic, vai pegá-lo de passagem, descobrir o título, o nome do autor, o detalhe do quadro na capa, não sentirá nada de especial e o deixará mais longe, numa das pontas da mesinha de centro. Alguns dias depois, o gato o derrubará quando aterrissar de mau jeito ao pular do sofá para a mesa, e a queda do livro o fará sair da sala como se lá houvesse um atirador louco. Naquela mesma noite, Clara pegará o livro e o guardará na estante do corredor, na mesma prateleira de *O chamado do anjo* e *A garota de papel*, de Guillaume Musso, *Meu remédio natural*, do Dr. Fabrice Visson, *Glacé*, de Bernard Minier, *Eu sou Zlatan*, de Zlatan Ibrahimović, *O Segredo*, de Rhonda Byrne (presente de Anaïs, amiga de infância de Clara), *As 30 trilhas mais bonitas da Borgonha* (presente do pai), *Trois baisers*, de Katherine Pancol, *Áries, seu horóscopo dia a dia*, edições 2011, 2013, 2015, 2016, 2018, além de uma dúzia de mangás assinados por Akira Toriyama, muito apreciados por JB. O livro ficará lá exatamente cinco meses, vinte e nove dias, duas horas e quarenta e sete minutos.

É um domingo de março, no meio da tarde. Ela acorda de uma sesta. A neve parou de cair, mas projeta brancura no teto do apartamento, é bem bonito. No pufe, em frente ao sofá, o gato a observa, como quem diz *Quem é você e o que está fazendo na minha casa?*, antes de dar um bocejo de desencaixar a mandíbula. JB está ajudando na mudança de um amigo desde aquela manhã, o almoço na casa dos pais foi cancelado.

Ela aproveita a tranquilidade do apartamento para tomar um banho e ligar para a mãe. Depois disso, tira do congelador uma torta de frango com cogumelos para comer no jantar e prepara um chá. Enquanto a água ferve, ela recebe uma mensagem de JB (*Voltamos para Sevrey, não vamos terminar antes da noite*) e lhe responde com dois emojis (um bíceps contraído, um beijo). Abre o Instagram e o fecha logo em seguida, coloca o laptop na bancada e olha pela janela, pensando que gostaria de fazer amor. A culpa deve ser da neve, do frio, do silêncio aconchegante. Ela faria amor com Jacob Elordi. Descobriu-o durante a semana numa série que viu com JB. Cada vez que ele aparecia na tela, ela se perguntava se conseguiria disfarçar o desejo que ele lhe inspirava. Sempre gostou dos altos esbeltos, quase magros. Como aquele freguês do salão um tempo atrás. Não se esqueceu das mãos longas, dos dedos afilados, imagina-os enlaçando sua cintura. Também revê sua boca, fantasiando-a entreaberta, soprando um ar quente a alguns centímetros da sua, não sabe por que essa imagem tem tanto efeito sobre ela... Ele tinha deixado um livro no salão. Um livro de bolso. O que era mesmo?

2
MARCEL

Primeiro, nada. *Nada, niente, nichts*. Uma primeira frase tão conhecida como um slogan publicitário ou o refrão de uma canção infantil, e tudo se obscurece. As palavras são formigas alinhadas diante de seus olhos. É sobre Francisco I, Carlos V e metempsicose. Francisco I era um rei da França. Carlos V já é mais obscuro. Quanto a *metempsicose*, não é no salão ou da boca de JB que ela pode ter ouvido. O que é esse livro?

Ela toma um gole de chá, puxa a manta para cobrir as pernas, retoma a leitura. Uma frase a interpela como uma mão que lhe acenasse. *Eu apoiava ternamente minha face contra as belas faces do travesseiro que, cheias e frescas, são como as faces de nossa infância.* A imagem a impressiona, e o que se segue a toca ainda mais. Fala de uma falsa alegria. Um homem acorda na cama. Como está doente, alegra-se quando vê a luz sob a porta. É manhã, vai poder pedir ajuda. Mas não. Na verdade, o raio de luz foi produzido por um lampião de gás que acabou de ser apagado no corredor. Ainda é noite, ele dormiu apenas alguns minutos e terá de sofrer ainda longas horas...

Ela continua, quer saber, está curiosa, sempre foi. Outra frase a detém. *Um homem adormecido retém em círculo, ao seu redor, o fio das horas, a ordem dos anos e dos mundos.* Impenetrável. Ela franze a testa, mas continua, sem se impressionar. As palavras se tornam novamente formigas alinhadas. Proust fala da posição de seu corpo na cama, de seu braço anquilosado, dos móveis ao redor. Escrever tantas palavras para simplesmente dizer que não consegue dormir: esse cara tem algum problema, precisa ir a uma consulta médica.

Fecha o livro, joga-o no sofá. Chega, obrigada. Certamente há quem goste desse tipo de leitura, ela gosta é de Jacob Elordi. Vira-se para o lado da janela, pensa nos olhos do ator, em sua expressão de cocker triste e, então, estranhamente, como se suas conexões neurais tivessem demorado para se fazer, volta-lhe a última frase que leu. Pega o livro de novo, encontra a página e a frase em questão. *Tudo girava em torno de mim no escuro, as coisas, os países, os anos.* E, de repente, tudo faz sentido. Essa história é a de um homem deitado que vai e vem entre o sono e a vigília, o sonho e a realidade, o passado e o presente. Reconhece esses estados de confusão. A ela também aconteceu, no momento de pegar no sono ou nos segundos seguintes ao despertar, não saber se estava naquele apartamento, na casa onde cresceu ou na da avó, em Besançon.

Ela se endireita, concentra-se... Ele indica que pararam as idas e vindas. Proust. Enfim, o personagem de seu livro. Ele escreve, no final de um capítulo: vai se lembrar de sua vida de outrora. Voltar ao passado para valer e, tal como Alice quando cai no poço que a leva ao País das Maravilhas, não voltar. *Em busca do tempo perdido.* Por que não essa viagem? O passado sempre a atraiu. Véus, vestidos longos, fiacres passando pelas ruas calçadas. Na sala da casa de sua babá, havia, acima do sofá, a reprodução de uma pintura que deve datar da época do livro. Via-se uma mulher de pé ao vento. Tinha saia branca comprida e um guarda-chuva verde na mão para se proteger do sol. Clara olhou tanto para essa mulher, que lhe parecia vê-la se mover e às vezes até mesmo virar a cabeça em sua direção para observá-la em silêncio, com os olhos franzidos na indistinção da distância. É engraçado, faz anos que não pensa nisso. Foi a leitura que despertou essa lembrança, como se ela estivesse escondida atrás de um anteparo que Proust tivesse deslocado com infinita delicadeza.

Ela leu o quê? Doze páginas, e já sabe como vai ser a relação entre eles. Cabe a ela se envolver, continuar avançando, frequentemente em meio a brumas, às vezes no escuro, sem se aborrecer com suas frases encadeadas e seus imperfeitos do subjuntivo, armar-se de paciência e, se preciso, de um dicionário. Cabe a ele, em contrapartida, deslumbrá-la a intervalos regulares, quando ela menos espera.

Quanto mais lê, mais entende. Ele não usa palavras complicadas, só que suas frases, muitas vezes, se mandam para outros lugares. Sabendo disso, entendendo que ele não a abandona, que voltará a procurá-la, sua leitura flui. Na verdade, o que o torna tão especial é a sensibilidade. Na vida cotidiana, não estamos acostumados a *sentir* as coisas dessa maneira. E se elevar a esse grau de delicadeza é o que demanda esforço de quem o lê. O que requer toda a atenção. O que torna impossível ler *No caminho de Swann* tendo como fundo sonoro Rage Against the Machine. Bom, esse é um exemplo.

E aí, por que esconder que se sente orgulhosa? Está lendo *Em busca do tempo perdido*. Tem essa capacidade. Não é pouca coisa. Anaïs não conseguiria ler *Em busca do tempo perdido*. Nolwenn, então, nem se fala. E o fato de ter acontecido assim, por acaso e apenas por curiosidade, contribui para o sentimento de triunfo que cresce nela.

— Não vamos comer?

JB está de pé na frente dela. O gato a encara com o mesmo ar interrogador, também deve estar com fome.

— São nove e quinze. Não está com fome?

— Estou, estou...

Clara se espreguiça.

— Eu tirei uma torta do congelador, é só esquentar.

— Eu faço isso, se quiser.

— Não, eu vou fazer uma salada pra acompanhar.

Levanta-se.

— Alguma hora preciso parar.

Na cozinha, ela prepara a torta, a salada, depois se acomoda na cadeira em frente a JB, que lhe conta com minúcias a mudança de Florian.

— ... a Kangoo estava a isso aqui da parede, não estou exagerando, não dava para pôr a mão no meio...

Ela vê a boca dele dizendo palavras enquanto mastiga, ela vê o indicador dele pegando migalhas no prato, ela vê os dois arranhões no antebraço dele, mas sua mente está em outro lugar, numa aldeia chamada Combray, no final do século XIX. Lá, num quarto de criança, no andar de cima de uma casa de enxaimel, desenrola-se um drama pungente. Marcel, que decididamente tem problemas de sono, espera apenas uma coisa, quando está na cama: que a mãe venha beijá-lo. Naquela noite, a visita inopinada de Swann, amigo da família, atrasa o momento do beijo materno. Como não imagina esperar todo aquele tempo, Marcel tem a ideia de escrever um bilhete para a mãe, no qual diz que precisa vê-la urgentemente, e pede a Françoise, a criada, que o leve. Esta acaba de sair com a missiva na mão, ele espera febrilmente a vinda da mãe...

— Não vai acabar?

JB aponta para o resto da torta em seu prato.

— Ahn, não.

Ela nunca está com muita fome à noite. Ela desliza o prato para o lado dele. Ele engole o conteúdo como se não comesse há três dias.

— Tudo bem com você?
— Tudo bem.
— Fez o que hoje?

Hoje ela começou a ler um livro escrito há mais de cem anos por um homem que não saía da cama, um livro com frases intermináveis que — ela tem a impressão, por uma razão que ainda lhe escapa — a tornará mais forte.

É quase uma hora quando ela para de ler. JB dorme ao lado dela. Seus corpos não se tocam, mas ela sente o calor de sua pele.

A reação da mamãe Proust ao bilhete do filho foi terrível. A pior de todas. *Não há resposta*, comunicou a Françoise. Marcel se desesperou, porém, mais tarde, a situação se voltou a seu favor. Depois da partida de Swann, ouvindo a mãe nas escadas, ele foi ao seu encontro. O pai também subia, e o pequeno grupo se encontrou no corredor. Lá, vendo a agitação do filho, papai Proust, contra todas as probabilidades, propôs à esposa que passasse a noite com o menino.

Isso não cabe na caixa, resmunga JB dormindo, antes de fazer um giro completo e acabar de costas. Clara observa sua boca entreaberta e a aparência que aquilo produz nele, em seguida se volta para o lado oposto, apaga a luz, mas fica de olhos abertos.

Marcel deveria ter ficado alegre com a ideia de a mãe passar a noite em seu quarto, mas não ficou. O que sentiu então foi a dor dela, o sofrimento que lhe causara ver o pranto do filho, a concessão humilhante que aquele sofrimento a levara a fazer. Aquela confissão de fraqueza materna anulava de antemão o prazer que ele poderia ter extraído de sua presença, qualquer sentimento de vitória pessoal.

Ela une as mãos sob o queixo, fecha os olhos e, instantaneamente, se vê no quarto de Combray. Pela janela, observa o casal Proust acompanhar Swann até a saída, depois os ouve falar de lagosta e sorvete de café e de pistache. Quando deixa de vê-los, corre para o corredor, onde a mãe de Marcel não demora a aparecer, com uma vela na mão.

Ela perdeu o ponto de ônibus. É a primeira vez que isso lhe acontece. Desceu em De-Lattre-de-Tassigny em vez de Libération. Como o ônibus na outra mão passava treze minutos depois, ela fez o trajeto a pé e chegou atrasada ao salão.

Durante a noite inteira, sonhou com um guizo dependurado num portão, com o farfalhar de um vestido de musselina numa escadaria, com campanários soando no silêncio do anoitecer. Ela andava por uma aldeia ao entardecer, tinha na mão um bilhete que sumia no momento de ser entregue... No ônibus, retomou a leitura sem saber que ia ler um trecho tão envolvente que a impediu de ouvir a gravação anunciar, da primeira vez em tom um pouco mais interrogativo que na segunda: *Libération... Libération.*

Marcel, quando adulto, toma um gole de chá de tília, no qual acaba de embeber uma *madeleine*, e algo extraordinário se faz sentir nele, retorna à vida. *Todas as flores do nosso jardim e as do parque do sr. Swann, e as ninfeias do Vivonne, e a boa gente da aldeia e suas casinhas, e a igreja, e Combray inteira e suas redondezas, tudo isso, que toma forma e solidez, saiu, cidade e jardins, de mi-*

nha xícara de chá. O trecho é tão poderoso que ela o releu para sentir de novo seu sabor, assim como Marcel tomou chá novamente para renovar a sensação da lembrança.

É tão verdadeiro, tão desse jeito. Sua *madeleine* aconteceu há alguns anos, no colégio, durante uma aula de ciências da vida e da terra. Os dias ensolarados estavam de volta, um cortador de grama estava sendo usado sob as janelas abertas. O barulho do motor da máquina, associado ao cheiro da grama cortada, mergulhou-a num estado de bem-estar extraordinário, como se uma mão tivesse começado a lhe acariciar a cabeça. E havia mais. Se aquele ronco e aquele perfume produziam esse efeito nela, era porque remetiam a um momento de prazer do passado. À casa de sua babá, no caso, que tinha por hábito servir uma merenda às crianças de que cuidava. Uma fatia de baguete com manteiga, acompanhada por uma barra de chocolate ao leite. Foi durante um desses lanches, quando estava sentada com outros na cozinha da sra. Le Hennec, que Clara ouviu pela primeira vez o cortador, que estava sendo passado lá fora, e sentiu o cheiro da grama cortada.

Naquela aula, voltaram-lhe impressões da infância. A hora do lanche, como que suspensa numa tarde de brincadeiras e movimento, o gosto do chocolate ao leite que combinava tão bem com o da baguete que até parecia que tinham sido inventados para serem comidos juntos. No ônibus, as sensações da aula tinham ressurgido. Os primeiros dias quentes do ano, a sensualidade difusa, excessiva, quase dolorosa que os acompanhava, além do prazer daquela matéria fácil dada por um professor simpático, os nomes dos outros alunos, Estelle Joffre, Nathan Girardin... Essa terceira experiência da felicidade era tão forte que ela se viu falando com os passageiros sentados ao seu redor: *É uma loucura essa história de madeleine que traz de volta o passado, isso já aconteceu com vocês também?* Foi então que, dessa vez, ouviu a gravação. *De-Lattre-de-Tassigny... De-Lattre-de-Tassigny.*

— A mãe dele tinha posto um comprimido no chá? — pergunta a sra. Lopez, olhando para ela no espelho.

— Não, não há necessidade de comprimidos. É só o gosto do chá que ele está tomando na casa dela que o faz lembrar do chá que ele tomava na casa da tia quando era pequeno.

Por cima dos óculos, a sra. Habib lança um olhar na direção delas, perguntando-se do que podem estar falando. A sra. Lopez desistiu de entender o que Clara está contando e fixa seu próprio reflexo no espelho, com jeito de quem está dizendo *Não estou nem aí se esse cara tomou chá na casa da tia, na casa da mãe ou da rainha da Inglaterra, o que eu quero é que o corte fique bom.*

Clara insiste:

— Ele quer continuar lembrando, então toma chá de novo, mas funciona cada vez menos. Mais ou menos como os sonhos quando a gente acorda. Quanto mais a gente tenta lembrar, menos consegue, já reparou?

A sra. Lopez vira a cabeça para o lado, observa seu perfil no espelho e solta, como única resposta:

— Opa, não muito curto, hein.

Magnífico, o choupo dirigindo *súplicas e saudações desesperadas* à tempestade. Magníficas, as últimas trovoadas *arrulhando dentro dos lilases*. Magnífico, Marcel beijando o vento porque é o ar que a amada respirou, a alguns quilômetros de distância. E *a luz alaranjada que emana das sílabas "antes" do nome Guermantes*; a lua *sem brilho no céu da tarde, como uma atriz que não está na hora de representar*; a leitura, *mágica como um sono profundo*. Cada vez, ela sublinha a frase ou desenha um coraçãozinho na margem bem ao lado.

JB acabou de passar quarenta e cinco minutos rolando fotos no celular antes de colocá-lo na mesa de cabeceira e se aconchegar a Clara. Ela sabe que ele vai falar com ela, fica chateada porque está lendo páginas interessantes, dedicadas aos amores tumultuados de Swann e Odette, ao ciúme de um, às mentiras da outra. Esse livro exige tal envolvimento, cria uma relação tão forte, tão exclusiva com o leitor que este pode facilmente ter a impressão de que os que o cercam estão mancomunados para estragar seu prazer. Em todo caso, é o que ocorre com ela, que cada dia mais sonha em ir passar dez dias no campo, sozinha, para não fazer nada além de ler Proust.

Com a cabeça encostada no ombro dela, JB observa o livro por um momento antes de dizer:

— Tá curtindo, né? Não para de ler.

Ela interrompe a leitura, renunciando provisoriamente a saber da reação de Odette à pergunta que Swann acaba de lhe fazer, se ela dormiu com mulheres, como ele ouviu dizer.

— Estou gostando demais.
— Você acha que eu iria gostar?

— Mmm, acho que não, mas nunca se sabe.
— É sobre o quê?
Ela está tentada a responder *Tudo*, mas seria um pouco vago.
— É difícil resumir.
— Manda ver — diz ele, pousando a mão sobre o ventre dela, debaixo da coberta. — Eu estou interessado.
Ela vira o canto da página 49 e fecha o livro.
— Bom, no começo, Marcel, enfim, o herói do livro está na cama, não consegue dormir e se lembra do passado. Primeiro, da infância, quando ia para Combray, na casa da tia-avó. Bom, ela é horrível, passa os dias na cama olhando pela janela, mas ele não liga e o que mais faz é passear. Então ele conta tudo o que vê nos passeios, as flores, as paisagens, descreve de um jeito hiperdetalhado. De início é muito bizarro, mas logo a gente entende que, se ele dá todos esses detalhes, é porque sente tudo, vê tudo. É genial, na verdade. Ele também fala das pessoas que o rodeiam. Swann, um cara que vai visitar a casa dele. E Françoise também, a criada. Ela, então, eu adoro. Ela é pão, pão, queijo, queijo e, ao mesmo tempo, troca palavras. Cozinha tremendamente bem, faz uma carne gelatinada que dá muita vontade de encontrar a receita... Em resumo, começa assim, no interior, depois, mudança de cenário, estamos em Paris, num salão. Não um salão de cabeleireiro, hein. Na época, salão é gente que se reúne para ouvir música ou não fazer nada, só falar, falar dos outros, em geral falar mal. O salão em questão é o da sra. Verdurin. É chamada de Patroa, mas é ridícula,

como todas as pessoas que vão à casa dela. Tipo, quando ela ri, como não quer abrir a boca desde que deslocou a mandíbula, se inclina para a frente e esconde o rosto com as mãos. Há um cara também, eu não me lembro como se chama, que, quando ouve alguém falar da cor branca, grita *Branca de Castela!*, desse jeito, achando que isso faz parecer inteligente, mas que nada, não tem nada a ver, é só idiota. Bom... Não sei mais o quê... Ah, sim, na casa da sra. Verdurin, aparece Swann. Mas não está entrosado, está acima de todas aquelas pessoas, ele tem classe, entende. Na verdade, se vai lá, é para estar com Odette, que é uma obsessão dele. Ele quer saber o que ela faz quando ele não está com ela, ele a procura em todos os restaurantes do bairro, vai olhar pela janela da casa dela. E o mais estranho é que, na primeira vez que a viu, nem gostou dela. Achou que era feia e percebe que ela esconde coisas dele. Além disso, ela diz palavras em inglês quando fala, como *lunch* em vez de *almoço*, é muito irritante. E, na verdade, é porque ela foge dele que ele fica obcecado. É demais o que isso quer dizer, pensando bem. Quer dizer que amor não é uma coisa que cai no colo da gente, assim, mas que é a gente que decide amar. Que a gente decide amar o que não tem, porque não tem.

Ela para de falar, achando que talvez seja demais para aquela hora avançada. JB não reage. Ela abaixa a cabeça, vê que as pálpebras dele estão fechadas, e seu peito sobe e desce. Está dormindo, claro. Deve ter desistido quando ela falava dos detalhes, da precisão das descrições proustianas.

Foi um impulso. No final de um capítulo, ela fechou o livro e ficou examinando, na capa, as jovens de vestido branco deitadas na grama, coisa que nunca se dera o trabalho de fazer. Achou encantador aquele livro pousado na manta de *mohair* mostarda xadrez que lhe cobria as pernas (ela estava no terraço, na casa da irmã, em Louhans), tirou uma foto dele e postou no Instagram, depois de aplicar o filtro Juno e associar as hashtags *marcelproust*, *embuscadotempoperdido*, *asombradasraparigasemflor* e *romance*.

Lá pelas dez da noite, voltou ao Instagram. A foto tinha recebido dez curtidas. A título de comparação, sua foto mais apreciada, a do gato abrigado na bolsa da academia de JB só com a cabeça de fora, ganhou cento e noventa e três curtidas.

A sra. Bozonnet passa pelo salão para cancelar a hora marcada à tarde. Sentiu-se mal no shopping do Carrefour, os bombeiros a levaram para o hospital, onde está esperando para fazer exames... Isso não faz o menor sentido. Clara vira a cabeça para a caixa registradora. Não é a sra. Bozonnet, mas o marido dela que veio cancelar a hora marcada da esposa. Eles têm exatamente a mesma voz fina, hesitante, *que pede desculpas.*

Lorraine aparece no salão, triunfante. A ressonância magnética que fez indica que ela não tem um tumor no cérebro. O dr. Maître explicou que provavelmente ela sofria de crises de ansiedade *sei lá o quê* (ela não lembra a palavra) e recomendou consultar um psicanalista para tentar entender a origem. Ei-la então à procura de um psicanalista, o que, na região, é um desafio. Principalmente porque ela quer um que tenha reembolso do serviço de saúde (*Se não der, eu reembolso três créditos!*)... Nunca se viu mulher tão feliz por saber que está sofrendo de crises de ansiedade paroxística.

O ritmo que ele impõe é o que ela mais aprecia. Ele obriga à lentidão, mas também à vigilância, é muito especial. Quantas vezes, durante a leitura, sua mente abandonou as palavras para se lançar a uma lista de compras ou lhe lembrar alguma conversa mantida naquele dia no salão. Lentidão e vigilância, relaxamento e concentração. Proust é sua ioga.

Ler bem esse livro também significa não hesitar em pular trechos. Às vezes ela sobrevoa cinco páginas antes de retomar a leitura no início de um novo capítulo. Nas mais de quatro mil páginas no total de *Em busca do tempo perdido*, há sobras. Ela faz isso sem remorsos, certa de que mesmo Marcel, caso se relesse hoje, se acharia muito espichado às vezes.

Em vista da média de idade das freguesas cativas do Cindy Coiffure, não é raro que alguma delas morra. Ao saber do óbito, a sra. Habib suspira e, em seguida, retira de seu fichário giratório a ficha da freguesa em questão, rasga-a em quatro pedaços e os deposita na lixeira (jogá--los pareceria falta de respeito). A notícia se espalha no salão, e a atmosfera fica um pouco pesada durante duas ou três horas e depois a vida retoma seu curso normal. No caso da sra. da Silva, por ser a freguesa mais antiga, Jacqueline fez questão de ir ao funeral. Como passou pelo salão antes de ir, foi possível constatar que tinha vestido todo um pacote: mantilha de renda guipura, vestido de veludo preto realçado por um pingente com a Virgem e o menino Jesus, óculos escuros à Jackie O. Não estaria mais chique no funeral de uma infanta de Portugal.

Claudie Hansen entra no salão quando soam os primeiros compassos de "Coup de soleil", de Richard Cocciante. Quem a atende é Clara. A sra. Habib, convidada para um casamento, folgou naquele sábado. Patrick está presente. Nolwenn, ocupada alisando os cabelos da sra. Rinaldi, nem levanta a cabeça.

Claudie está mais relaxada do que na visita anterior, mas piorada. Como se o passar do tempo não a ensinasse a ser mulher. Os cabelos sem forma são como corda caindo de ambos os lados do rosto, o que os faz parecer enormes. Está maquiada, mas não como deveria, as clavículas são salientes, e as sapatilhas acentuam o tamanho dos pés. Olhando para ela, não se vê uma mulher, mas um ser esgotado pelo cabo de guerra entre dois gêneros. Apesar disso, aquele sorriso...

Após o xampu, Clara pede a opinião de Patrick, que responde sem interromper a escova da sra. Castaneda:

— Eu faria umas luzes e, para esconder um pouco a testa, uma franja fina. Depois, escova, e, se ainda estiver muito sem volume, por que não uma ligeira ondulação, mas não na parte de cima, uma coisa discreta como eu fiz com Anne-Gaëlle no sábado passado.

É mais ou menos o que Clara tinha em mente. Fala sobre isso com Claudie, que a olha no espelho, pontuando cada uma de suas frases com *Tá... Tá...* Está tudo bem para ela. E não é o mais importante, diz seu olhar. O que vale é estar lá. Aninha-se na poltrona, cruza as pernas enormes e se imobiliza. Roch Voisine tomou o lugar de Richard Cocciante.

> *J'ai pas voulu croire*
> *Qu'un jour ton amour*
> *Ferait demi-tour*

— Ah, não acredito! — diz ela, endireitando-se no assento. — É você que está lendo isso?

Refere-se a *À sombra das raparigas em flor*, que Clara pôs sobre o carrinho ao voltar do almoço.

— Salvou a minha vida este livrinho aqui! — diz Claudie, pegando o livro.

A boca de Clara se estira num sorriso de criança. Se tivesse olhos nas costas, ela veria Nolwenn, surpresa com aquela conversa incomum, levantar a cabeça preguiçosamente.

Claudie vira o livro, examina a quarta capa, vira de novo.

— Esta maravilha! Você está em que parte?
— No começo. Quando ele brinca com Gilberte.
— No jardim dos Champs-Élysées.
— Isso mesmo.

Clara parece hesitar, depois se aproxima e cochicha:

— Aliás, a certa altura, não tenho certeza se entendi. Ele brinca de esconde-esconde com Gilberte, cai em cima dela e, como dizer...

— Ele goza! É isso mesmo!

As vozes silenciam ao redor. Patrick bufa. Até Roch Voisine dá a impressão de cantar mais baixo.

Claudie espera que o barulho recomece para dizer:

— É muito orgânico, *Em busca do tempo perdido*. Fala muito de corpo, pele. Se Proust descreve as roupas com tanta precisão, é para a gente sentir os corpos por baixo. Corpos atormentados pelo desejo. É por isso que as personagens muitas vezes têm rosto vermelho.

Clara fica estática, impressionada com o que ouve da boca de uma motorista de ônibus escolar, que continua:

— Ele vai viajar para Balbec, você vai ver, são páginas maravilhosas... Esse é o primeiro ou você leu outros?

— Eu li *No caminho de Swann* antes. E você?

— Ah, eu li todo o *Em busca do tempo perdido*, várias vezes! E alguns trechos eu releio de vez em quando. Proust salvou minha vida, não é lorota. Qualquer dia te conto.

Devagar, como se a onda daquela boa surpresa ainda a percorresse, ela põe o livro no lugar de onde o pegou. Depois se aninha na cadeira, examina Clara no espelho e anuncia:

— Eu sabia que você não era como as outras.

Com Proust, ela tem a impressão de ver tudo. Só pode, porque ele mostra o mundo visível em seus infinitos detalhes e outro mundo, atrás, escondido, mas vasto e poderoso, que impõe sua lei, sua vontade ao primeiro: a realidade psíquica, psicológica dos seres. E não é só isso. Ao iniciá-la no princípio da memória involuntária, como se pusesse as mãos sobre os ombros dela e a fizesse girar ligeiramente, ele enriquece seu ponto de vista, acrescentando uma dimensão que ela havia ignorado até então, a do tempo. O passado, surgindo no presente, acaso não se prolonga nele? A lembrança acaso não tem mais existência do que o episódio relatado? Por que parece que, à medida que envelhecemos, lembramos cada vez melhor?

Que dádiva. Ela reflete sobre isso certa manhã, quando ouve Nolwenn falando com uma freguesa sobre o reality *Les Marseillais à Dubaï*. O tempo que se passa lendo Proust é tempo ganho, roubado pela inteligência e não *da* inteligência.

— Clara, eu gostaria de falar com você.
— Está tudo bem, Jacqueline?
— Sim, sim, tudo bem... É a sra. Lopez. Ela acaba de ligar para marcar um horário e pediu para ser atendida pela Nolwenn.
— Nolwenn? Mas sou eu que atendo a sra. Lopez.
— É por isso que eu quis falar com você. Acho que ela não ficou satisfeita da última vez.
— Eu fiz a mesma coisa de sempre da última vez.
— Não é uma questão de cabelo. Da última vez, eu ouvi você contar a ela a história de um sujeito que toma um chá que o leva de volta ao passado.
— Ah, sim, não, eu contei a ela a história da *madeleine* de Proust. Ela não conhecia.
— Você está lendo Proust?
— Estou, quer dizer, eu estava lendo *No caminho de Swann*. Agora estou em *À sombra das raparigas em flor*.
— Por quê?
— Como *por quê*?
— Você está se preparando para algum exame?
— Não, é assim, por prazer. A senhora já leu?

— Li, quer dizer, não, mas é como se tivesse.

— Não deixe de ler, eu tenho certeza de que iria gostar.

— Com certeza. Enquanto isso, acho que foi essa história que desagradou a sra. Lopez. Eu percebi, pelo jeito, que ela não estava à vontade. Você deveria se abster de falar desse assunto com as freguesas, elas podem ficar complexadas.

— Conversei sobre esse assunto com a Claudie, ela não ficou complexada, até me convidou para ir à casa dela para falarmos sobre o livro.

— Claudie?

— Hansen. A motorista do ônibus escolar. Diz que Proust mudou a vida dela.

— Mas você não vai fazer o cabelo dela?

— Não, não se preocupe. Eu não vou lá para isso e, além do mais, ela adora vir aqui. A única coisa que vamos fazer é falar de Proust tomando chá.

História de Raymonde,
continuação

Fui dar uma volta no quarto de despejo numa hora em que eu sabia que ele não estava e verifiquei que ele havia passado a noite lá. Tinha ido buscar um cobertor na garagem e dormido em cima dele. E à noite, pela janela da cozinha, eu vi quando ele voltou pra lá. Eu sentia pena por ele estar dormindo lá, mas toda vez me lembrava da chinesa pulando num pé só pra vestir a calcinha, e isso botava juízo na minha cabeça. Por outro lado, ele também não procurava falar comigo, devia desconfiar que eu não estava a fim, e o tempo foi passando assim, eu em casa, ele no quartinho, sem falar um com o outro. Às vezes eu via quando ele saía ou voltava. Se os nossos olhares se cruzassem, a gente virava a cabeça na mesma hora. De madrugada, eu ouvia que ele entrava na casa. Vinha buscar umas coisas na geladeira, pegava queijo, presunto, feito um ratinho. Ou então ia pegar ferramentas na garagem. Passou-se um mês, mais ou menos, e um dia ele vem falar comigo. Escuta aqui, Raymonde, assim não dá mais, eu não sou cachorro, você precisa me aceitar de volta. Como eu tinha pensado muito, a resposta já estava pronta. Eu quero que você volte, mas com uma condição. Que antes você me deixe fazer uma coisa. Ele se ajoelhou aos meus pés. Tudo o que você quiser!, disse, apertando minhas pernas com tanta força que eu quase caí... Ah, eu não perdi tempo. Na manhã seguinte, o dia estava lindo, eu me lembro, saio de casa às dez em ponto e vou para os lados de Saint-Marcel. Ali, paro na frente do Blériot, o açougueiro. Posso garantir que a coisa não estava sendo fácil. Meu coração estava a ponto de explodir, minhas pernas mal me seguravam. Dou uma olhada lá dentro, vejo o açougueiro Bernard sozinho. Nenhum freguês, e o ajudante não está. É uma oportunidade que eu não posso perder, penso, e entro. O Bernard me cumprimenta: Ah, Raymonde, chegou na hora certa, tenho uma cabeça de bezerro, você vai adorar. Como eu não respondo nadica de nada, ele me pergunta se está tudo bem. Eu respondo: Tudo, mas é que eu tenho que te pedir uma coisa que não é fácil pedir. Ele diz: Essa agora; pondo as mãos bem abertas em cima da bancada. Sou todo ouvidos. Eu olho nos olhos dele e começo: Bernard, você sabe há quanto tempo a gente se conhece? Ele fica tão surpreso com a pergunta que nem se mexe. Trinta e sete anos, digo. Quando a gente conhece alguém há trinta e sete anos, a gente tem confiança, né? Ele vira a cabeça de lado sem tirar os olhos de cima de mim. Raymonde, você está me deixando preocupado, o que que está acontecendo? Aí eu me armo de toda a minha coragem e mando ver: O que está acontecendo é que eu gostaria de passar uma noite com você. Só uma noite. Depois disso, juro, não vou te pedir mais nada.

Proust... Não é que é difícil, é diferente.

Bom, mas ele bem que podia abrir parágrafo mais vezes.

Mesmo assim, entre a viagem de ônibus, o intervalo de almoço e a hora de dormir, ela lê trinta páginas todo dia. Proust não é Harlan Coben e, em vista do ritmo que sua leitura impõe, pode-se dizer que é uma façanha, principalmente para uma pessoa ativa.

— Acho que vou me deitar.
— O que você tem? — pergunta a mãe.
— Foi alguma coisa que você comeu? — diz o pai.
— Estou indisposta — responde ela, passando a mão na barriga.
— É verdade, você não está com cara boa.
— Não vem caminhar com a gente?
— Não, pai, preciso me deitar.
— Que pena, hoje que o tempo está bom.
— Yves, não insiste. Você sabe que a Clara sempre teve cólica menstrual.
— Mãe...
— Vamos dar nome aos bois.
— Mas hoje de manhã você estava bem — diz JB.
— Começou agora.
— Você quer que a gente fique em casa?
— Não, está tudo bem, eu vou me deitar. Não vão deixar de curtir por causa disso.

Chegando ao quarto, percebe que esqueceu o essencial. Volta para a sala, onde a mãe está contando uma história que ela ouviu mil vezes, sobre uma ex-colega de trabalho que tinha menstruação tão dolorosa que, para encobrir a dor, dava uns beliscões nos braços que deixavam hematomas. Clara pega a bolsa fazendo uma careta de quem não bate bem da cabeça. De volta ao quarto, endireita os travesseiros, senta-se na cama, puxa a bolsa e dela retira *À sombra das raparigas em flor*. Nisso, deixa escapar um longo suspiro de prazer.

Menstruação ela teve dez dias atrás. Ocorre que não podia nem pensar em ouvir os pais e JB por mais tempo comparando as vantagens da poupança pelo Livret A e o seguro de vida, muito menos acompanhá-los na caminhada de passos lentos que se seguirá, bem agora que o barão de Charlus acaba de aparecer na *Busca* como um moscão pousando numa bola de muçarela.

Ela já notou, é durante a última parte do trajeto de ônibus, a que vem depois da velha ponte, que lhe ocorrem as melhores ideias, as mais pertinentes, as mais construtivas — provavelmente porque seu cérebro percebe que lhe resta apenas um curto período de liberdade.

Esta manhã, não falhou. O ônibus acaba de atravessar o Saône, ela desvia os olhos do livro e percebe o seguinte: essa sensibilidade às palavras, à sua precisão, à sua música, tudo o que caracteriza sua paixão fulminante por essa obra e seu autor sempre esteve nela. Essas disposições simplesmente não tinham um objeto até então, como uma terra que tivesse permanecido inculta até ela abrir aquele livro.

Aliás, não é exatamente isso. Pensando bem, calhou de ser esse livro, mas ela poderia muito bem ter se apaixonado por xadrez, cultivo de bonsai ou criação de perfumes. O que preexistia nela era o espaço para uma paixão emocionante e exigente. Inteligente.

A introdução de *O caminho de Guermantes*, que conta a mudança da família Proust para um apartamento nas dependências da mansão dos Guermantes, é um choque inesperado. Ela não tinha vontade de deixar aquele apartamento, em especial a cozinha de Françoise, temia que a história a levasse para outro lugar. Ao ler aquelas páginas, ocorreu algo um pouco mágico que, pela primeira vez, deixou-a pensando que os livros podiam ser melhores que a vida.

— Eu não me encaixava em nenhum quadrado. Todo mundo tinha o seu quadrado, eu tentava, mas não funcionava, tinha a impressão de ser um gato ao qual alguém pedisse para resolver uma equação de duas incógnitas. Cheguei a me detestar e acabei ficando exausta. É extenuante não poder ser o que somos. Escrevi uma carta explicando tudo, engoli um pote de bromazepam com Cointreau, deitei na cama e peguei no sono. Mas a minha mãe, com quem eu tinha falado naquela manhã, desconfiava de alguma coisa. Mandou os bombeiros arrombar a minha porta, ela que morava a seiscentos quilômetros de distância, e eu acordei no hospital, bem chateada por ainda estar viva. Uma ex foi me visitar. Já não estávamos juntas, mas ainda nos víamos. Ela era livreira em Yonne, lá pelos lados da casa de Colette, e fazia anos que me aporrinhava para ler Proust. Daquela vez tinha trazido um exemplar de *No caminho de Swann*. Eu me lembro, na capa havia uma aquarela bem feiinha, que mostrava a cara de um menino, uma xícara de chá e *madeleines*. Abri, uma manhã, uma bela manhã de outono, no jardim do hospital, e foi um deslumbre. Tudo ressoou em mim, imediatamente. Uma delicadeza, um senso de beleza. Aquele sujeito, obrigado pela fragilidade a viver em reclusão, que dedicava páginas a seu adormecer ou à descrição de um espinheiro-branco. Assim como eu, ele tinha pouco lugar no mundo. Eu já não estava sozinha. Estava salva.

A casa de Claudie se parece com ela. De madeira, térrea, dá a sensação de não ter sido feita de uma vez, mas ao longo do tempo e um pouco ao acaso, com aposentos situados onde menos se espera (ela vai contar, mais tarde, que construiu boa parte dela). Aposentos grandes, agradáveis de percorrer e permanecer, com canapés, sofás e almofadas em abundância. Gatos também, que, ao contrário de outros, se deixam acariciar e até reagem quando alguém fala com eles. Recende a laranja e cedro, nas janelas há cortinas amarelas, a impressão é de estar num cânion às margens de Los Angeles no começo da década de setenta.

Sentada entre duas grandes almofadas forradas de tecido com estampa *paisley*, pernas dobradas sob o corpo, Claudie brilha num grande suéter de losangos que lhe serve de vestido curto. Clara entendeu que, para ela, a questão da sedução não se apresenta — pensar que ela é mulher parece suficiente para o seu bem-estar. Um cachorrinho de raça indefinida e com um problema no olho se encosta a ela, enroscado. Com a cabeça pousada nas patas dianteiras, observa o vazio à sua frente, esperando que o sono o domine.

— Quanto mais a gente lê, mais gosta, reparou?

— É verdade — diz Clara. — É porque a gente se acostuma com o ritmo dele. No começo, a gente fica naquela: *Não estou entendendo, essa frase devia parar, e continua.* Mas é porque a gente lê depressa demais, está errado. É preciso ir devagar, fazer pausas. Agora, quando leio, tenho a impressão de ouvi-lo falar comigo.

— Uma verdadeira proustiana... E o humor dele, reparou como ele é engraçado?

— É, sim! É muito visual, em alguns momentos a gente está de fato num filme. Quando ele sai do fiacre porque viu uma moça na calçada e topa com a Verdurin, que acha que foi por ela que ele veio correndo.

— É ótimo! Você vai ver, é cada vez mais engraçado. Você já começou *O caminho de Guermantes*?

— Já. Li o começo e adorei, mas parei para reler *Um amor de Swann*. Não sei por que senti vontade.

— Isso acontece com esse grande livro. Muitas vezes a gente sente necessidade de voltar. Deve ser para ter certeza de que não perdeu nada. Em todo caso, você vai se esbaldar com *Guermantes*; está cheio de cenas hilárias de salão.

Como que reagindo a essa última observação, o cãozinho levanta a cabeça latindo, desce do sofá e começa a correr. Clara se vira e o vê fazendo festa para uma mulher que está entrando na sala. Uns sessenta anos, óculos redondos, cabelo grisalho bagunçado.

— Clara, essa é Michèle — diz Claudie, descruzando as pernas. — Minha mulher. Acho que não se conhecem.

É verdade, Claude tinha mulher. Clara havia posto essa informação de lado, presumindo que o casal se separara quando Claudie tinha reencarnado...

— Como você é bonita — diz Michèle, tocando a cabeça dela. — Então é você a cabeleireira que lê Marcel Proust? Você vai ter de me explicar como consegue. Eu nunca consegui. É sonífero, não falha.

— Ela vê nele apenas um escritor mundano — diz Claudie. — Não adianta ficar dizendo que não é...

— O que me incomoda é que ele ficou bem quentinho na cama, contando essas histórias de duquesas, enquanto uma geração inteira estava sendo dizimada nas trincheiras.

— Ele era asmático, mal conseguia se arrastar da cama até o andar de baixo da casa! Sem falar da hipersensibilidade dele. Afinal, Michèle, o tilintar de uma colher contra um copo podia fazê-lo desmaiar, como você queria que ele fosse mobilizado? Em vez disso, ele prestou um serviço à humanidade, escrevendo uma obra-prima da literatura mundial.

Clara olha para elas, uma após a outra, como numa partida de tênis.

— Ele poderia pelo menos ter falado disso — diz Michèle.

— Do quê?

— Da guerra. E das condições de vida dos operários na época, das crianças que eram mandadas para as fábricas.

— Da guerra ele fala! Só há guerra em *O tempo redescoberto*. E, quanto às condições de vida dos operários, você tem Zola ou Louise Michel, que fazem isso muito bem. Dito isso, acho que Proust, mesmo que tivesse sido pobre, não teria escrito um livro muito diferente. Acho que ele teria observado a mesma pequenez, a mesma hipocrisia.

— Ela tem resposta para tudo — diz Michèle a Clara, pousando a mão em seu ombro. — Você fica para o jantar.

— Ahn...

— Eu não lhe dou escolha. Tenho tomates e feta do mercado, vou fazer uma salada grega. E você vai provar o pão feito aqui, vai ver que maravilha.

Seus olhos pousam por breve momento na esposa e, como que segura de que tudo está em ordem naquela sala e na sua vida, sai, com o cão zarolho ao seu encalço.

Clara se volta para Claudie, que sai do sofá.

— Vou lhe mostrar uma coisa, venha.

Leva-a para o aposento vizinho, uma espécie de antecâmara ocupada por uma simples bicicleta de mulher, em seguida para outro, uma pequena biblioteca com teto baixo e paredes cobertas com prateleiras encurvadas sob livros, velhos 33 rotações e fileiras de CDs. São estes que lhe interessam.

— Você disse que agora está relendo...?

— *Um amor de Swann.*

— *Um amor de Swann* — repete Claudie, retirando do lote o estojo correspondente.

Sem acrescentar nada, leva Clara de volta à sala, que elas apenas atravessam. Saem por uma portinha envidraçada e se instalam sob um alpendre detrás da casa, de onde o olhar abarca um terreno em declive que adiante volta a subir, para se fundir numa névoa na qual só transparecem alguns telhados amontoados em torno de um campanário. Claudie se afasta de sua convidada por alguns minutos e volta com duas garrafas de Heineken e um leitor de CD em forma de grande seixo. Entrega a cerveja a Clara, acende um cigarro, desliza o CD para dentro do leitor. Em seguida, afunda numa cadeira de vime, põe os pés sobre um pequeno parapeito à sua frente e espera, observando os campos.

Então, naquele recanto remoto de Saône-et-Loire, à vista de um céu que ganha tons rosados, tendo como fundo o canto de um melro especialmente gárrulo, eleva-se a voz de André Dussollier, a bela voz cálida e amiga de André Dussollier:

— *O dr. Cottard nunca sabia ao certo em que tom devia responder a alguém, se seu interlocutor queria rir ou estava sério...*

Na banheira, ela topa com a seguinte frase, que precisa reler cinco vezes antes de entender:

Era o bastante para despertar nele a velha angústia, lamentável e contraditória excrescência de seu amor, que afastava Swann daquilo que ela era, como uma necessidade de atingir (o sentimento real que aquela jovem tinha por ele, o desejo oculto de seus dias, o segredo de seu coração), pois entre Swann e aquela que ele amava essa angústia interpunha um amontoado refratário de suspeitas anteriores, que tinham causa em Odette ou em alguma outra que talvez houvesse precedido Odette, e só permitiam ao amante envelhecido conhecer sua amante de hoje através do fantasma antigo e coletivo da "mulher que excitava seu ciúme", no qual ele encarnara arbitrariamente seu novo amor.

Quer dizer que Swann sente um ciúme injustificado de sua nova conquista porque, antes dela, teve ciúme de outras mulheres, em especial de Odette.

Depois de entender, parece-lhe incrivelmente límpido. Acha até que seria impossível dizê-lo tão bem, com tanta *precisão*, de outra forma.

Ela começou por refletir que Nolwenn tinha os mesmos jeitos de Françoise, de *Em busca do tempo perdido*. Depois foi a sra. Habib que lhe pareceu uma personagem saída do livro, com seus acessos de esnobismo, seus tiques de linguagem e gestos, seu olhar de rã melancólica. Por fim, ela entende: esse livro é tão vasto, aborda tantas questões, que, quando a gente o lê, é quase impossível ver o mundo por outro prisma. Qualquer coisinha se torna proustiana. Um cacho de glicínias, o violeta de suas flores sobre o verde das folhas. A poeira em suspensão num feixe de luz que atravessa um aposento escuro. E Annick, sua mãe, que, toda vez que é fotografada, vira ligeiramente a cabeça e entreabre a boca, como se alguém além do fotógrafo a chamasse no mesmo instante. Isso é proustiano, realmente proustiano.

Ela lê antes de dormir e, muitas vezes, o que vê quando fecha os olhos são flores. Capuchinhas ao sol, sebes de espinheiro-branco com perfume de amêndoas, flores de macieira oscilando sob a chuva da primavera. E lilases, como na entrada do parque de Swann, buquês de violetas como no corpete de Odette, rosas da Pensilvânia como em Balbec, miosótis, papoulas, pervincas. Suas cores persistem e impregnam o início de seus sonhos que, submissos também à irradiação proustiana, nunca foram tão criativos, tão vastos.

Ela agora registra suas impressões de leitura, como Claudie aconselhou, num caderninho cor-de-rosa:

> Nesse livro, as pessoas passam o tempo se espreitando. Swann espreita Odette, Marcel espreita Gilberte, Marcel espreita a duquesa de Guermantes.
> Nome "Guermantes" como um balão que é furado e então Combray aparece por inteiro.
> Fazemos as coisas por razões diferentes daquelas em que acreditamos.

E também as frases que a impressionaram, por uma razão ou outra:

> Soprava um vento úmido e suave.
> Ele percebia que as qualidades de Odette não justificavam que ele valorizasse tanto os momentos passados ao lado dela.
> Como um acontecimento que desejamos nunca ocorre da maneira como pensamos, na falta das vantagens com que acreditávamos contar, outras, que não esperávamos, se apresentaram, e tudo se compensa.

Sabedoria não se ganha, precisamos descobri-la por nós mesmos depois de uma trajetória que ninguém pode fazer por nós, não pode nos poupar, pois ela é um ponto de vista sobre as coisas.

A existência quase só tem interesse nos dias em que na poeira das realidades vem de mistura areia mágica.

... em que na poeira das realidades vem de mistura areia mágica.

Proust. Antes, esse nome mítico, para ela, era como o de algumas cidades — Capri, São Petersburgo... — onde estava claro que nunca iria pôr os pés.

Bom domínio da palavra é algo que ele nunca teve, principalmente em se tratando de dizer coisas importantes. Sabendo disso, precisou se preparar, talvez até ensaiar sozinho ao volante do Duster, embaixo do prédio, antes de subir — ela adivinha pelo jeito, pelo olhar, pelos rodeios, nada disso é habitual nele. Apesar de tudo, ele não consegue diminuir o choque de seu anúncio. Em primeiro lugar, porque o momento é mal escolhido. Segunda-feira de Páscoa ensolarada depois de vinte dias de chuva. Clara só tem um desejo, que é de se livrar do que resta de roupa para passar e ir à casa da irmã e ao seu terraço grandioso, para avançar na leitura de O caminho de Guermantes.

O anúncio, portanto, é:

— Clara, eu tenho uma coisa nada agradável para lhe dizer. Olha, eu conheci alguém e gostaria de compartilhar meu caminho com ela.

Nisso, ela olha de relance para o bolso do jeans dele, de onde escapa a insuportável introdução de "The Final Countdown", que ele escolheu como toque do celular recentemente, depois de ouvi-la num Monster Jam. Percebe-se um titubeio, ele parece hesitar em atender a chamada.

— Está querendo...? — pergunta Clara.
— Não, eles vão deixar uma mensagem.
— Não, eu queria dizer: está querendo se separar?
— Ah. Sim, isso.

É um desastre, eles estão com dificuldade para se ouvir, se entender, como, no fundo, sempre tiveram dificuldade para se ouvir, se entender.

Ele espera o retorno do silêncio para dizer:

— Eu vou sempre te amar, isso não vai desaparecer, é só que eu tenho vontade de continuar meu caminho com outra pessoa.

Típica frase que ele deve ter treinado para dizer, talvez até tenha sido soprada por aquela com quem ele quer continuar o caminho (*Diga que você vai amá-la sempre, isso ajuda a dourar a pílula*).

Clara cruza os braços, levanta uma mão e a põe no pescoço. JB pergunta se está tudo bem.

— Sim, eu só... Estou surpresa.
— A gente não faz mais amor.

Ela tinha certeza de que ele falaria disso.

— Eu contei — acrescenta ele —, faz dez meses. Dez meses, percebe?
— Eu sei.
— Eu tenho 25 anos, você, 23.
— Eu sei.

É mais ou menos como se ela assistisse à partida de um foguete. Inegavelmente algo está acontecendo, tudo retumba e se inflama, mas ela não se move, permanece íntegra, não sente nada além de, talvez, um pouco de calor. Não tem vontade de chorar, de pegar o primeiro objeto ao alcance e jogá-lo na cara de JB, não sente nem a necessidade de se sentar. Passa por sua mente a ideia de que ele poderia ter esperado até a noite para falar com ela (agora não vai mais conseguir ler *No caminho de Guermantes*), depois ergue os olhos para ele e pergunta, num tom curioso, mas desapaixonado, de alguém que interroga um garçom sobre a composição da sua salada de atum com batatas:

— Quem é?

Ele não pretende revelar essa informação e, como é sereno por natureza, dá a entender isso fechando os olhos devagarinho.

— Pode dizer — insiste Clara —, não vou tentar entrar em contato com ela. Você me conhece, não é do meu feitio. Só não quero fazer papel de boba se ela aparecer no salão.

— Não, ela não vai ao salão. Ela vai em Beaune.

— Ela é de Beaune?

JB concede um aceno de cabeça.

— É lá que você foi falar sobre o seu trabalho. Ela é professora lá e você a conheceu quando esteve na aula dela? Diga só se estou certa, não vou perguntar mais nada.

Ele não responde, mas, pelo seu jeito contrito, ela entende que acertou em cheio. Ele também nunca soube dissimular suas emoções.

Isabelle Audoin. Esse é o nome dela. JB não lhe disse, aliás, ela não o viu de novo depois do anúncio, ele foi embora naquela tarde mesmo, tinha planejado, previsto tudo. Ela descobriu o nome sozinha, na internet, ao cabo de uma busca de cerca de seis minutos (ligar o computador levou mais tempo do que a própria pesquisa). Lembrou-se de que ele tinha ido falar numa escola de viticultura em Beaune. Há apenas uma escola de viticultura em Beaune, que emprega uma dezena de professores, dos quais só duas mulheres. Seus nomes figuram no site do estabelecimento, acima de fotos tiradas no meio dos vinhedos. Catherine Cucq, alta, esguia, aparentemente no pleno gozo da saúde (cara de quem faz peregrinação a Compostela), mas com uns 50 anos, cabelo curto, pele e osso. Não é o tipo de JB, ao contrário de Isabelle Audoin, que, muito mais jovem, tem estrutura óssea perfeita, como diria Patrick, cara de quem gosta de atividades ao ar livre e sabe lidar com crianças. É ela, não resta dúvida. Tem o mesmo tipo de beleza que Clara, mas, além disso, dinâmica, menos romântica. Se bem que a foto não está datada, impossível saber quando foi tirada, mas nela a moça tem expressão vitoriosa que poderia facilmente significar *Estou vivendo um caso com um bombeiro bonito como Flynn Rider, nunca transei tanto e raramente me senti tão realizada.*

É um período complicado, de acontecimentos meio doidos. Numa ponta e na outra de uma mesma semana, a partida de JB e da sra. Bach. A sra. Bach é uma mulher alta como uma árvore, com longos cabelos grisalhos e óculos que lhe põem na cara uns olhos de mosca. Era freguesa do salão no passado (fase Audrey), antes de aparecer menos vezes, o que não surpreendeu ninguém, percebia-se uma queda. Certo dia, ficaram sabendo que ela estava no Myosotis, uma casa de repouso da região. A sra. Habib retirou sua ficha do fichário giratório, como faz com freguesas que morreram, e todos esqueceram aquela cara grande que se desmilinguia como uma vela.

Até aquela manhã. Pouco depois da abertura, Lorraine acabava de trepar no seu banco, quando a sra. Bach foi vista na calçada, plantada diante da vitrine do Cindy Coiffure, desarvorada. Foi Nolwenn que, elevando os olhos do celular, notou primeiro.

— Putz!

Putz porque a sra. Bach estava de camiseta cinza com o triângulo verde da Leroy Merlin e, abaixo, nada. Nada de vestido, de calças, de meias ou de calcinhas. Só de olhar, dava para entender: tinha saído da cama do Myosotis e, sem perder tempo se vestindo — provavelmente até sem ter essa ideia —, tinha ido a pé até lá.

Na calçada, a sra. Habib a vestiu com um jaleco. Voltou com ela e a instalou no fundo do salão, no posto de trabalho de Nolwenn. A sra. Bach não parecia ouvir as perguntas que lhe faziam e também dava a impressão de ignorar o fato de que sua mão estava segurando um copo de água. Observava as mulheres atarefadas ao seu redor com vaga sombra de espanto no olhar.

Como tinha ido até o salão? De que modo o seu inconsciente lhe mostrava aquele lugar? Talvez fosse um simples engano: seu cérebro, apagando de uma vez certo número de anos, a fizera achar-se na manhã de um dia em que tinha hora marcada.

A sra. Habib entrou em contato com a casa de repouso, e de lá confirmaram que ela *andava saindo* com frequência cada vez maior. Enquanto esperava o motorista deles, Jacqueline perguntou à sra. Bach se gostaria de fazer o cabelo. Não recebendo resposta, decidiu que deveriam lavá-lo. E, como nem Nolwenn nem Clara estavam disponíveis, ela se desfez das pulseiras, arregaçou as mangas da blusa de cetim creme e entornou pessoalmente o xampu.

Ela esquece um pouco Proust, claro. JB e Isabelle Audoin ocupam sua mente, inclusive nas viagens de ônibus e, durante algumas semanas, o livro fica dormindo no fundo de sua bolsa. Depois, querendo aproveitar uma tarde de domingo, quando era para ir encontrar os pais na exposição Lavadouros da Borgonha no Museu da Fotografia, decide ficar em casa, onde volta a abrir *O caminho de Guermantes*, e Marcel regressa à cena. Sua inteligência luminosa, sua finesse retornam, e ela se pergunta como pôde ficar sem ele e começa a ler avidamente. Essas páginas têm um poder consolador equivalente ou mesmo superior ao do sol ou do chocolate, e ela devora cento e cinquenta delas em três dias.

Nunca se diz a alguém que levou um fora sem aviso prévio depois de três anos e meio de vida em comum *Você deveria ler* O caminho de Guermantes. É mais natural aconselhar a pessoa a se matricular numa academia ou adotar um gato, mas é um erro. Não que seja erro se matricular numa academia ou adotar um gato, mas sim deixar Proust de lado. Embora não tenha escrito exatamente um guia de sobrevivência a separações dolorosas, não há nada igual a Marcel para consolar um leitor solitário. Primeiro, tornando-o mais inteligente, o que não é pouca coisa; depois, fazendo-o perceber que o amor não existe, que não passa de elaboração de nosso cérebro em resposta à nossa frustração existencial, ao nosso horror ao abandono, que a pessoa que acreditamos amar não tem nada a ver com quem ela é de fato, que a desejamos porque ela nos escapa, mas, quando a temos, deixamos de entender o que nos fazia desejá-la, que, de qualquer maneira, estamos irremissivelmente sozinhos, e, portanto, no amor, ou estamos sofrendo um verdadeiro martírio ou estamos morrendo de tédio.

Qualquer tentação que ela pudesse ter de sentir saudade de sua união com JB pulveriza-se antes mesmo de ganhar forma, com tanta eficácia quanto as naves do Império Galáctico no final de *O retorno de jedi*. E, quando, apesar de tudo, apesar de Proust, um acesso de nostalgia consegue abrir caminho em seu coração, basta-lhe recordar os últimos dez meses de relacionamento, passados sem que se tocassem, o grande corpo pálido de JB que, então, lhe apetecia tanto quanto um prato de patas de ovelha a um vegetariano, ou o sonho que ela acalentava na mesma época, de se encerrar sozinha em algum lugar do interior para poder ler sem a sonoplastia de um console de videogame como fundo ou ser interrompida por perguntas sobre o horário ou a composição da próxima refeição.

O mais penoso, afinal — muitas vezes é o que ocorre nas grandes tribulações pessoais —, são os outros. A mãe dela, exageradamente afetada pela partida de JB, quase como se fosse ela a abandonada. Passa várias semanas num estado próximo do pânico, enviando a Clara mensagens de texto completamente sem noção, que em geral começam com *Eu pensei bem. Eu pensei bem, você deveria escrever uma carta para ele dizendo que 1) na vida, todos temos direito a uma segunda oportunidade (muito importante) e que 2) se ele concordar, você gostaria de se encontrar com ele para conversar com calma...* A isso se seguirá um estado de aturdimento que se acreditará ser curável com um tratamento de magnésio, mas que só vai sarar mais tarde, com um passeio organizado por seu clube de caminhada entre Millau e os desfiladeiros do Tarn, durante o qual Annick se livrará do projeto de ter JB como genro com a mesma simplicidade com que se desfaz de uma casca de laranja.

E, claro, a sra. Habib, a quem Clara não diz uma palavra sobre o acontecido durante várias semanas, até soltar o verbo certa noite, enquanto as duas estão fechando o salão. Cativada pelo relato, com os lábios tremendo de emoção, Jacqueline a ouve devorando-a com seus grandes olhos tristes. Está claro que aquilo desperta uma lembrança pessoal, que a faz reviver uma ou várias separações passadas. *Mas como é que você vai fazer?*, balbucia, como se Clara tivesse dito que tinha perdido tudo num incêndio, antes de acender um cigarro e soltar, num suspiro de mulher bêbada: *Ah, no duro, a gente devia cortar o pinto deles.*

Certa noite, porém, sente uma dor insistente enquanto se projeta em seu íntimo o filme do que aconteceu sem seu conhecimento na escola de viticultura de Beaune. O primeiro olhar, as primeiras palavras que JB e Isabelle Audoin trocaram quando entenderam que as coisas estavam tomando um rumo não profissional. Onde isso aconteceu? Na classe, depois da aula? No Duster? Na primeira ou na segunda visita de JB? Como o conhece, Clara sabe que gestos ele fez, sabe da lentidão antes da pressa, da voz se modificando, conhece o gosto, os cheiros de sua boca, de seu corpo. Será que beijou a planta dos pés de Isabelle Audoin como gostava de fazer com Clara? Será que envolveu com os lábios o dedão de seu pé?

Ela se levanta, vai tomar meio bromazepam no banheiro e volta para a cama.

Como é possível se sentir privada de um ser que, quando estava lá, a incomodava? Sofrer por já não o ter se não o queria mais? Do que exatamente tem saudade? Seu maior desejo, no entanto, não é recuperá-lo...

Amor é coisa diferente de amor. E seu desaparecimento é coisa diferente de seu desaparecimento. Fixando o olhar no teto, ela relaxa, imaginando Proust pronunciar essas palavras. *Deve-se ver o lado bom das coisas*, ouve-o acrescentar. *Agora você tem a cama só para si.* Ela se diz que, endireitando-se, vai vê-lo sentado na poltrona, do outro lado do quarto, com a cabeça apoiada na mão, como na famosa foto, e mal ousa piscar.

No dia seguinte, nada, nem dor insistente nem fantasma proustiano.

Os pais dela, portanto, chamam-se Annick e Yves. *Annives e Yck*, dizia seu tio Jacques, quando ela era pequena. Ele era o irmão brincalhão e ilegítimo de Annick, e essa maneira de chamá-los sempre divertiu Clara, que durante muito tempo o considerou o máximo em humor e gozação. Annick e Yves ainda sorriem disso com ternura, mas JB não achava engraçado. *Annives e Yck*, não, realmente, ele não entendia por que isso os fazia rir.

Esse tipo de história retorna agora que ele foi embora, como viria à tona um pedaço de madeira que ela já não teria por que manter na profundeza da água. Porque, longe de ser insignificante, ela diz efetivamente até que ponto, no fundo, a sensibilidade dos dois diferia, não coincidia.

Com o livreiro, a quem está encomendando *A prisioneira*. Ela não terminou *Sodoma e Gomorra*, mas se antecipa.

— Está lendo *Em busca do tempo perdido* inteiro?

Ela gosta desse livreiro. Ele lhe lembra Ned Flanders, o vizinho dos Simpsons, tem o mesmo lado normal, tranquilizador. Bom, um Flanders francês, mais sedutor que o original, dono de uma livraria onde são exibidos retratos em preto e branco de Beckett, Faulkner e Le Clézio.

— Estou, desde o início.

— Para os estudos ou...?

— Não, para mim. Por gosto.

Ele faz um beicinho de admiração.

— Não conheço muitos jovens que leem esse livro por gosto. Também, com todos esses TikToks, eles não conseguem se concentrar mais de cinco segundos...

Digita no teclado do computador, com a cabeça em outro lugar.

— Claro que é insuperável. Aliás, em termos de literatura, todo o século XX é insuperável. Quando você tem Céline, Colette...

Clara sorri, descontraída.

— Engraçado, essas escritoras que queriam ser chamadas pelo primeiro nome.

Ela tem a impressão de ouvir, atrás, alguém assoar o nariz. Uma mulher dava uma risada. Clara, caso se virasse, veria uma compradora à espera, óculos grossos, cabelama tipo vassoura com franja e expressão satisfeita de quem se regozija antecipadamente com a ideia de contar o que acabou de ouvir.

Flanders dá um tempo, inclina-se para Clara e informa:

— O nome de Céline é Louis-Ferdinand.

Ela então sente o rosto em fogo, como não acontecia provavelmente desde os tempos do colégio.

— Mas isso não tem a menor importância — apressa-se a desdramatizar o livreiro, antes de anunciar, olhando para o computador como se estivesse falando com ele: — Podemos enviar o SMS de sempre quando recebermos o livro?

Lorraine encontrou um psicólogo. Marc Vauzelle, em Dijon. Ele não trabalha com reembolso, mas adapta o preço aos recursos dos pacientes. E a primeira sessão é gratuita. Foi ontem e, agora de manhã, Lorraine só fala disso. Encantada? Abalada, talvez. E falante. *Diz que a minha vertigem é uma mensagem codificada do meu inconsciente que nós vamos decifrar juntos.* Ela conta isso à sra. Habib que — novidade — pontua essas frases com discretos *Mmm. Como eu não sabia o que falar, ele me disse: Fale de sua mãe. Eu respondo: Não entendo o que ela tem a ver com a minha vertigem. Quando eu digo isso, vejo o rosto da minha mãe, a carinha de passarinho que ela tinha no final, e aí* (ela pousa a mão no antebraço da sra. Habib) *começo a chorar, mas chorar, tadinha, não parava mais de chorar!*

Ela nunca leu tanto, principalmente à noite — não é raro apagar a luz às duas horas, inclusive em dias de semana. Será que isso lhe permite esquecer que está sozinha? Ou será que, simplesmente, ela tem mais tempo para si? Seja como for, as personagens desse livro — Françoise, os Guermantes, Charlus — se tornam quase tão familiares para ela quanto as pessoas que ela vê todos os dias. E, às vezes, quando está cansada e lhe voltam à mente algumas coisinhas — uma reflexão mordaz, uma expressão de surpresa num rosto —, ela não sabe muito bem se são lembranças pessoais ou literárias.

Será possível que, no ser humano, nada passe de mentira, hipocrisia, mediocridade? Que a vida seja apenas uma comédia de aparências pouco mais agradável que um refluxo gástrico? Que nada nunca esteja à altura do desejo que o precede? Que a única salvação possível, a única experiência concebível de felicidade esteja nas obras de arte?

Manhã calma no Cindy Coiffure. Clara acaba de acompanhar uma freguesa até a porta e consulta a agenda. A próxima é às quinze para as onze, ela tem algum tempo pela frente. Levanta a cabeça e observa o salão que, a partir da caixa registradora, é abarcado em quase todo o comprimento. A sra. Habib, inclinada para um dos espelhos da esquerda, verifica se os dentes estão sujos de batom. Nolwenn, também no intervalo entre dois compromissos, varre seu posto de trabalho pensando visivelmente em outra coisa. Na rádio Nostalgie, "Il tape sur des bambous", de Philippe Lavil. Cheiro de Shalimar, laquê Infinium e cabelo quente. O pequeno mundo do Cindy Coiffure. Clara o vê, ouve, *sente* e entende, então, que ele não lhe é suficiente.

Volumes de *Em busca do tempo perdido* que ela leu até agora, em ordem de preferência:

1. *O caminho de Guermantes*
2. *No caminho de Swann*
3. *À sombra das raparigas em flor*
4. *Sodoma e Gomorra*

Quanto às personagens:

1. Françoise
2. Charlus
3. A avó
4. Swann e a duquesa de Guermantes, empatados

Últimas reflexões registradas em seu caderno:

Muitas vezes, nesse livro, as pessoas não sabem que estão sendo observadas (Charlus, a duquesa de Guermantes, a avó).

Sublime, quando ele fala com a avó no telefone (é como falar com ela no além).

Livro sensual e generoso como um fruto, como um pêssego.

E estas citações:

Os traços de nosso rosto são pouco mais que gestos que o hábito tornou definitivos.

A verdade não precisa ser dita para se manifestar [...] talvez possa ser colhida com mais certeza sem a espera das palavras e sem sequer as levar em conta, em mil sinais exteriores, até em alguns fenômenos invisíveis, análogos, no mundo dos caracteres, àquilo que são as mudanças atmosféricas na natureza física.

A calçada ainda molhada, transformada pela luz em laca de ouro.

A reminiscência brota quando menos se espera. Aliás, o próprio nome diz, fala-se de episódios de *memória involuntária*. O primeiro ela vivenciou quando ouviu o cortador de grama na aula de ciências da vida e da terra, experiência da qual ela se lembrou no ônibus, alguns meses atrás, depois de ler o trecho sobre a *madeleine* em *No caminho de Swann*. O segundo a invade na loja Marionnaud, onde ela veio comprar Gentleman, da Givenchy, para o aniversário do pai, e é aí que Habit Rouge, borrifado ao lado dela, vem lhe titilar as narinas. Acontece que Habit Rouge é a *eau de toilette* que, seguindo o conselho de uma vendedora que elogiava muito aquele *clássico atemporal*, Clara ofereceu a JB no primeiro Natal que passaram juntos. Num milissegundo, ela é remetida àquele período tão particular, tão *definido* de sua vida. Tudo lhe volta à memória. A explosão sexual daquele momento (eles faziam amor em todos os lugares, no trem, na piscina), a felicidade que lhe vinha da exploração do corpo de seu Flynn Rider (seu rosto era assim, seus quadris, assado), o gosto de ferro que seus beijos acabavam tendo, o orgulho de andar com ele pela rua, de apresentá-lo aos amigos, aos pais, mas também, quase mais perturbadoras, a sensação de dias frios e sem nuvens, a das festas de fim de ano que se aproximavam, uma impressão geral de prazer, luz, confiança — com aquela juventude, aquelas caras, a vida deles só poderia ser um sucesso retumbante.

Um prazer intenso junto com dor, ou melhor, uma dor embutida no prazer. Ela fecha os olhos para aprofundar o que está sentindo, adivinhando que essa é a maneira de se livrar daquilo. Esse esforço é acompanhado por pensamentos conscientes, principalmente o de que ela estaria mais apaixonada por JB e mais marcada pela partida dele do que queria admitir. E é sua irmã, que tinha ido com ela, quem põe fim à experiência:

— Gentleman está em falta. A gente precisa voltar na terça. Que chato.

No ônibus, entre Palais-de-Justice e République, ela ri sozinha quando se lembra da duquesa de Guermantes dizendo que um rapaz parece um tapir.

Ela está secando o cabelo da sra. Fabre quando a sra. Habib vem ao seu encontro e cochicha em seu ouvido com mais precaução do que se estivesse lhe dizendo a senha do cartão de crédito:

— Telefone para você. Claudie Hansen.

Clara desliga o secador.

— Ela quer mudar a data marcada?

Jacqueline é acometida por um arrotinho, que ela deixa escapar num *pff* discreto, o que a faz responder a Clara com alguma defasagem.

— Acho que não, ela não precisaria falar com você para isso.

O dia estava cheio, não isento de contrariedades. Clara se arrasta até a caixa e pega o fone perguntando-se o que mais falta acontecer.

— Bom dia, Claudie.

— Ah, Clara, desculpe incomodar, você deve estar muito ocupada...

Essa voz é ao mesmo tempo profunda e frágil. Ouvi-la, num dia como hoje, é como reconhecer um rosto familiar numa multidão.

— Estou ligando porque tive uma ideia. Eu sei que tenho horário com você na semana que vem, mas é algo que não pode esperar. Foi uma coisa que me ocorreu ontem à noite e não paro de pensar, até falei com a Michèle, que é da minha opinião. Resumindo, vou parar com conversa fiada. Acho que você precisa ler Proust.

Vai fazer nove meses que ela está lendo Proust, foi por isso que Claudie a convidou a ir à sua casa, falaram sobre Proust uma tarde inteira e até durante o jantar. Ela matuta que a outra está endoidando, que o tratamento hormonal está produzindo sérios efeitos sobre sua memória, quando ouve Claudie explicar:

— Ler *para os outros*. Em voz alta. Ontem à noite, enquanto estava guardando meus CDs, ouvi você ler o resumo daquele que escutamos na minha casa. Lembra? Quando você veio aqui, eu lhe dei o CD e você leu as primeiras frases do resumo... Sua voz, Clara, tem a mesma doçura, a mesma delicadeza daquele texto. Sua voz é como o perfume do espinheiro-branco.

Essas palavras, nesse contexto. Sua mente é incapaz de funcionar, ela só encontra banalidades para responder, *Gentileza sua* e novamente *Gentileza sua*, depois *Bom, tenha uma boa tarde*, e a ligação termina por aí.

Ao devolver o fone à base, ela sente em si mesma uma vibração que não vai ceder. Retorna ao posto de trabalho, aonde a sra. Habib foi para fazer companhia à sra. Fabre, mas não para, passa pelas duas mulheres, refugia-se na sala dos fundos e, de lá, vai para o pátio que fica atrás do salão. Céu branco, elétrico, seu rosto se contrai, ela se agacha e começa a chorar. Sai tudo o que precisa sair. A partida de JB e a humilhação na livraria, Isabelle Audoin e a sra. Bach, os dias cada vez mais penosos no salão, aquele grande livro que questiona tudo e agora essa ideia de que ela tem de lê-lo para outras pessoas. E há outra coisa. Todos aqueles contemporâneos de Proust, aqueles anônimos de 1900-1910, ela os observa nos últimos tempos no YouTube, com seus guarda-chuvas e cartolas, ela os vê apressar-se pela avenue de l'Opéra ou na frente da Notre-Dame, e sente por eles imensa compaixão, porque lhe parece saber o que eles ainda não sabem, que é que nada dura, que toda e qualquer vida é esquecida, e sua memória se apaga com a mesma facilidade de um desenho em vidraça embaçada.

Ela precisaria parar, nunca vai conseguir voltar ao trabalho, mas é uma coisa doida, quanto mais chora, mais sente necessidade de chorar e, além disso, agora está gemendo como um animalzinho, e então se dá conta de que a porta se abre e a sra. Habib aparece, ajoelha-se, toma-a nos braços dizendo:

— Vai ficar tudo bem, minha linda... Vai ficar tudo bem.

3
CLARA

— ... E, com aquela grosseria intermitente que reaparecia nele desde que deixara de ser infeliz e, no mesmo instante, baixava seu nível de moralidade, ele exclamou para si mesmo: "E dizer que desperdicei anos de minha vida, que quis morrer, que vivi meu maior amor, por uma mulher que não me agradava, que não era meu tipo!"

Ela fecha o livro, pigarreia e espera sem ousar olhar para a sra. Renaud.

Não foi bem. Disse *controlar* em vez de *consolar*, o que deixou sem sentido a frase em questão, e, na última parte, simplesmente pulou uma linha (este texto é tão denso, não se pode negar). Ela se desculpou antes de se recobrar e ler o fim sem sentir nada, pronunciando as palavras como elas se apresentavam diante de seus olhos.

A sra. Renaud parece contrariada. E só pode estar. Olha para o vazio, fazendo pequenos movimentos labiais que não são acompanhados por nenhum som. Claudie a apresentou a Clara como *uma velha amiga, fã de Proust, que gostaria de ouvir o fim de* Um amor de Swann. Deveria ter acrescentado *e que vai deixá-la encabulada se a coisa correr mal.*

— Onde seu carro está estacionado? — acaba por perguntar.
— Estou a pé.
— Mora no pedaço?
Ela evita comentar a leitura que acaba de ser feita e tem razão. Clara entra no jogo.
— Não, eu moro em Chavannes. Vim diretamente do salão, que fica atrás da place de la Libération.
— Entendo. E como volta para casa?
— Do salão eu tomo o ônibus. O 3.
— Ah, sim, o 3.
— É direto, tenho sorte.
— Sim, é prático.
Elas esgotaram o assunto e não há nenhum outro. A velha senhora se levanta da poltrona agarrando-se aos apoios de braço e, sem dizer nada, as duas entram pelo corredor com cheiro de hospital. No caminho, Clara avista, na sala de estar, sobre um centrinho de renda branca, num móvel laqueado, a foto de um papa com moldura prateada. Chegando à porta, ela engole a vontade de chorar.
— Então, até logo.
— Até amanhã.
— Como?
— Eu disse *Até amanhã*.
— Para... ler?
— Claro. Combinamos duas sessões, Claudie e eu. *Um amor de Swann* e a morte da avó. Ela não lhe disse?
— Disse, mas a minha leitura não... A senhora gostou?

— Claro. Caso contrário, eu não sugeriria que você voltasse.

— Uma hora eu errei.

— Ah, pode ser, não prestei atenção. Você tem um timbre bonito que se mantém no grave e no agudo, muito agradável de ouvir. E você se põe em segundo plano, não teatraliza, é importante. A última que testei lia Proust como Barillet e Grédy, impossível... Amanhã, às sete e meia, como hoje?

— Combinado.

A sra. Renaud a toma pelo braço.

— Fico com minha neta amanhã à tarde, minha filha a traz depois do almoço. A menina tem 4 anos, pula para todo lado, desenha em todos os lugares. Gosto muito dela, mas uma tarde inteira é tempo demais. Ganho coragem sabendo que você vem depois.

Ao sair de lá, ela passa e repassa uma canção ouvida no salão. Dessa vez, não a esquece. Com "Don't Stop Me Now", do Queen, nos ouvidos, atravessando em diagonal a place de la Libération e, depois, na cidade velha, passando em frente à catedral.

I'm gonna go, go, go
There's no stopping me

O segredo é a lentidão. Ela possibilita limitar os riscos de gaguejar, mudar para leitura automática e, acima de tudo, permite que o ouvinte sinta todo o sabor do texto.

Tomemos a frase *O marquês de Palancy, de pescoço esticado, rosto inclinado, olhão redondo colado ao vidro do monóculo, deslocava-se devagar na sombra transparente e parecia ver o público da orquestra tanto quanto um peixe que passa, ignorando a multidão de visitantes curiosos, por detrás da parede vítrea de um aquário.* Quem a ouve, mesmo lida muito depressa, provavelmente não perderá a imagem do peixe em seu aquário. Mas, se o leitor não der o tempo necessário, é provável que fiquem perdidos o *pescoço esticado*, o *rosto inclinado* ou a *sombra transparente*, o que seria uma pena.

As vírgulas indicadas por Proust dão a impressão de terem sido colocadas ao acaso, são inadequadas à leitura em voz alta de frases tão longas. Por isso, Clara tem a ideia de incluir, nos trechos que se prepara para ler, indicações que têm significado apenas para ela:

/, entre certas palavras, para marcar uma pausa.

//, entre certas frases, para parar mais demoradamente, a fim de recobrar o fôlego e dar ao ouvinte tempo de entender o que acaba de ouvir (não temer as pausas: um silêncio parece sempre mais longo a quem lê do que a quem ouve).

Outros sinais logo vêm preencher as páginas de seus livros:

>> à margem de um trecho significa que ela pode acelerar sem risco de gaguejar (no caso de uma enumeração ou de um diálogo, por exemplo).

~ entre duas palavras, abaixo, indica que ela pode fazer a ligação. Ligações erradas no francês são a armadilha na qual se cai mais facilmente ao ler.*

Essas marcas são mais ou menos como as deixadas ao longo das trilhas de caminhada, indispensáveis àqueles que as descobrem, mas não para o guia experiente que já nem as vê. Elas são úteis durante a preparação, porém não mais tarde quando, depois de ler e reler o texto para dominá-lo, ela memorizou o ritmo e as entonações que quer dar-lhe. Pode, então, durante a leitura, dedicar-se ao essencial: ater-se apenas às palavras. Porque o mais difícil é de fato: estar *dentro do* texto e nele permanecer da primeira à última sílaba, a tal ponto que o toque de um celular, o choro de um bebê ou mesmo a explosão de uma panela de pressão no cômodo ao lado não possam perturbar a leitura. Ioga.

---

* Característica gramatical da língua francesa, a ligação refere-se à pronúncia de uma consoante final normalmente não pronunciada quando a palavra se encontra antes de outra iniciada por vogal. [N.T.]

Fazia algum tempo que não se via a sra. de Lamballe no salão, por uma boa razão: ela teve um derrame. Hoje de manhã, retornou. A sra. Habib a paparicou, Nolwenn a penteou. Anda com alguma hesitação, uma metade de seu rosto é menos flexível que a outra, e ela não usa verbos, expressa-se apenas por conceitos e onomatopeias. *Minha filha cabeça de vento, tênis dela na escada, meu genro catatraz, de noite pronto-socorro.* Ou *Lisboa, brandade de bacalhau, pastéis de nata, ui-ui-ui-ui-ui a balança!* Isso inegavelmente confere um aspecto meio débil às conversas dela, mas também as faz parecer haicais cujo sentido a gente percebe facilmente. Aliás, depois que ela sai, ninguém faz comentários. A sra. Habib, por educação; Nolwenn, porque passou para outra coisa. Clara, por sua vez, fica imaginando o que a deficiência dessa pobre sra. de Lamballe teria inspirado a Proust... Uma baronesa, com isso.

Um que se transformou radicalmente com a saída de JB foi o gato. Primeiro ele o procurou, com um jeito ainda mais espantado que de costume, ia para o quarto explorar o lado da cama dele, como se tivesse acabado de pousar em Marte, ou observava o gancho onde JB pendurava a bolsa da academia, sem entender por que estava vazio. E, uma noite, ao voltar para casa, Clara o encontrou no sofá (até então reservado aos humanos), ronronando (fato também inédito), com os olhos semicerrados de contentamento, rabo balançando devagar. Tinha concluído que JB não voltaria, que a partir de então só haveria ele e Clara — e, aparentemente, ele estava achando ótimo.

SOBRENOME:
Poitrenaud

NOME:
Clara

DATA E LOCAL DE NASCIMENTO:
29 de março de 1997 em Dole

TÍTULO DO PROJETO:
Leitura de trechos de Em busca do tempo perdido, *de Marcel Proust*

DISCIPLINA (riscar informações inúteis):
~~Teatro Música Dança Artes circenses Instalação de artes plásticas Instalação sonora Instalação digital~~

OUTRO (especificar):
Leitura

— Dez dias?
— Acha demais?
— Ou seja, Patrick estará ausente nas mesmas datas.
— Só na primeira semana.
— É verdade, mas eu só tenho Patrick aos sábados.
— A Nolwenn vai estar aqui. Os dez dias.
— Certo, mas isso não impede o risco de algumas freguesas irem para outro lugar. Não tenho vontade de facilitar os negócios de Mariella Brunella.
— Final de julho, vem menos gente.
— Não dá pra jurar... Mas você precisa mesmo de todo esse tempo? Dura só quatro dias o festival.
— É, mas eu tenho que me preparar. Eu gostaria de fazer isso nos primeiros dias. Ensaiar, em casa.
— À noite, depois do salão, não dá?
— Não, aí eu estou moída. Além disso, vou ler na casa de uma senhora três vezes por semana.
— Claudie Hansen?
— Não, uma amiga dela. Quer dizer, uma amiga da mãe dela. A sra. Renaud, que mora na avenue de Paris. No começo, eu tinha que ir só uma vez, mas ela quis que eu fosse mais, e agora vou três vezes por semana.

— Para ler?
— É, ler Proust para ela. É a paixão dela.
— Veja bem, isso já é um treino.
— Para?
— O festival.
— Ah, sim. Se bem que vai ser diferente.
— Tem pavor de público?
— Não. Bom, não sei, não pensei nisso.

— Isso me lembra de quando eu era jovem, com minha irmã, fomos recepcionistas duas ou três vezes no Salão do Automóvel e no da Aeronáutica. Nossa chefe dizia para mostrarmos as pernas. Cada vez que passava por nós, levantava nossa saia com um puxãozinho seco. Eu tinha visto Gilbert Bécaud. O cantor. Ele me deu um autógrafo num Kleenex, era a única coisa que eu tinha. O tecido borrou, o autógrafo ficou ilegível... Não sei por que estou contando tudo isso, não tem nada a ver.

— Não... Então, combinado? Posso pegar duas semanas em julho?

— Sim, Clara, pegue suas duas semanas em julho para ler Marcel Proust. A gente se vira.

Lorraine agora chega ao salão com um livro, além dos cafés. *Cinco lições de psicanálise*, de Sigmund Freud, que Vauzelle lhe recomendou ler. Depois de pôr em dia as notícias de costume com a sra. Habib, ela se acomoda no banco e mergulha em seu livro, dando um jeito para que todos os presentes possam ver o título e o nome do autor. Portanto, há duas leitoras no Cindy Coiffure, uma de Proust, outra de Freud, o que é, ao mesmo tempo, bem classudo e bastante bizarro.

Clara também notou que Lorraine fica ainda mais coquete do que já é nos dias em que vai ao psicanalista (vestido decotado em vez da calça bege reta de sempre, jaqueta jeans azul pastel, cor que dá mais realce à sua loirice) e que não fala de jeito nenhum, mas de jeito nenhum mesmo, da eventualidade de se enforcar.

É um sábado, hora de abrir. Duas freguesas já estão esperando, é preciso ser rápido. No pátio, atrás do salão, com os olhos ainda inchados de sono, Patrick avisa Clara:

— Não se espante, hein.

Ele ajeita o cigarro no canto dos lábios e desenrola o cartaz que ela vai descobrindo com uma das mãos sobre a boca.

É um desenho em preto e branco que produz visualmente a impressão de uma unha arranhando um quadro. Uma jovem com traços de heroína de mangá, com decote em V profundo, parece estar piscando, a menos que seja um defeito no desenho de seu rosto. Abaixo, à esquerda, um perfil como um teatro de sombras, provavelmente o de Proust, que lembra Jack, o Estripador, ou um criminoso do mesmo tipo. No topo, à direita, num tipo de letra que evoca o universo de *Game of Thrones*, mais do que o de *Em busca do tempo perdido*: *Clara lê Proust*.

Desnecessário dizer que, mesmo conhecendo o estilo dos desenhos de Patrick, Clara tinha outra coisa em mente. Ele sabe disso e esclarece, como se fosse autor de *O juramento dos Horácios*:

— Eu pensei assim: quem conhece Proust ia vir de qualquer maneira, e quem precisa ser atraído são os jovens. É por isso o jeito de mangá. Eu quis tirar a poeira de Proust, para apagar o lado mariquinha dele.

— É verdade, não tem nada de mariquinha.
— Mas você gostou?

Ela cruza os braços.

— Gostei do título — diz ela, apontando para ele.
— É, você me disse para colocar não sei mais o quê...
— *Leituras de trechos de* Em busca do tempo perdido, *de Marcel Proust.*
— Isso. Mas era muito comprido. *Clara lê Proust* é melhor. Quer dizer, eu acho. Mais fácil de guardar.
— Claro.

Ele esfrega um olho irritado pela fumaça do cigarro e diz:

— Ele vai lhe dar sorte, você vai ver.
— Muito obrigada.

Ela pensa em acrescentar *mesmo*, mas se refreia.

— Que diabo vocês estão fazendo? Está todo mundo esperando.

Nolwenn botou a cabeça pela porta do pátio.

— O que é isso? — diz ela, referindo-se ao cartaz.

Patrick, que tinha acabado de o enrolar, o desenrola. Nolwenn se adianta para vê-lo melhor. Seus olhos vão para Patrick e voltam, num rápido vaivém para deixar de ver o desenho o menor tempo possível.

— Foi você que fez?
— Foi, por quê? Curtiu?

Ela deglute.

— Espera aí. Muito.

História de Raymonde,
fim

Preciso dizer que o Bernard e eu não é coisa que saiu do nada. Ele é um homem que sempre me agradou, até arrastou uma asinha para mim quando éramos jovens. Só que eu já estava com o René, fiquei grávida, tivemos que casar, em resumo, não aconteceu nada. Mas nem por isso ele me saiu da cabeça. Durante todos esses anos, eu sentia um prazer desproporcional quando passava pelo açougue dele. A minha preferência era o sábado de manhã, quando havia fila, porque assim eu podia ficar olhando para ele mais tempo. Eu via o nariz dele bem desenhado, as unhas bem cortadas, o cabelo que se encaracola um pouco no fim, e me dava uma espécie de calor na barriga. Resultado, comprei muita carne. Tanta, que eu me pergunto se não é por causa disso que todo mundo é diabético na família (carne em todas as refeições, não tenho certeza se é um regime muito bom). Também preciso dizer que o Bernard está livre. Vive solteiro desde que a esposa dele foi embora com outra mulher, faz uns quinze anos. Elas primeiro moraram em Dijon e depois foram para as ilhas, não sei mais onde, foi uma história bem doida essa também. Então, pronto, eu digo que quero passar uma noite com ele. Na minha cabeça, era para poder dizer ao René: Você molhou o teu biscoito, então eu também quis tirar uma casquinha (desculpe, Jacqueline, o vocabulário, mas eu digo o que me vem na cabeça). Só que as coisas nunca acontecem como o previsto. O Bernard diz que sim (ah, isso não me surpreende muito, eu não conheço nenhum homem que diria não a esse tipo de proposta e, além disso, com 67 anos eu não sou de jogar fora). Não, a surpresa é correr tão bem. Para começar, a refeição é deliciosa, comemos num restaurante em Crissey, peço pato com cranberry e o Bernard, costela de cordeiro. A gente se regala mesmo, depois passamos a noite num quarto de hóspedes ao lado. Sem acrobacias, mas é melhor ainda. Ficamos deitados na cama e começamos a conversar. O Bernard me escuta passando a mão pelas minhas costas, a janela está aberta e se ouve a passarada a noite toda. Às vezes eu durmo um pouco e sou acordada pelos beijos dele no meu pescoço ou na minha testa. Abro os olhos e o vejo me olhando e dizendo que está bem. O que mais se pode querer? Depois disso, voltar para casa e dizer ao outro que ele pode retornar, pra mim tanto faz. O René pode voltar, ir embora, se casar com sua chinesa, se lhe der na telha, eu não ligo a mínima. Eu só penso no Bernard, na boca dele, na pele dele, fico esperando as mensagenzinhas que ele me manda do açougue durante o dia, fico contando o tempo que falta para o nosso próximo encontro. Sim, porque a gente combinou de se encontrar de novo no sábado. Dois dias, desta vez, que a gente vai passar no lago de Settons. É por isso que eu vim. Trouxe uma foto que encontrei já nem sei onde, eu me perguntava se seria possível fazer igual. Cabelo um pouco clareado, veja, preso atrás e, ao mesmo tempo, vem um pouco para a frente. Achei que o Patrick ou mesmo a Clara deviam conseguir fazer isso.

O lugar não está definido, ou melhor, muda, transforma-se. Começa na travessa onde fica o Cindy Coiffure, continua no saguão de um prédio cujos andares desaparecem de repente para dar espaço a um céu estrelado.

O livreiro que se parece com o Flanders pergunta qual é o primeiro nome do barão de Charlus. *Palamède!*, responde ela de imediato, antes de acrescentar, com excesso de zelo: *Apelidado de Mémé!* O outro aprova e continua:

— Mais difícil agora. Quem, na *Busca*, se chama Bathilde?

— A avó!

— Impressionante!

Sem transição (talvez por ter dado respostas corretas), Clara se vê no espaço infinito, por onde avança entre seixos e outros resíduos de estrelas prateadas. Uma silhueta se destaca ao longe, uma silhueta perdida como ela, é um homem que se aproxima, é Proust. Seus corpos se encaixam suavemente e giram devagar no vazio sideral. De repente, estão nus, todas as mínimas parcelas de sua pele estão em contato com a pele lisa do escritor, é uma delícia indescritível. A cada movimento de sua pelve, a cada atrito de suas pernas, a cada pressão de suas mãos, eles galgam um degrau rumo ao êxtase. Essa gradação é acompanhada por uma melodia cada vez mais audível, não é realmente uma melodia, apenas três notas que seriam produzidas por uma colher tilintando em copos cheios de água, é um celular, seu celular que a desperta, são sete horas daquele 21 de julho, primeiro dia do festival.

Ao estender a mão para pegar o telefone e mesmo depois de desativar o alarme, ela matuta que é surpreendente o fato de, além de se mencionar o gênio literário de Proust, ninguém jamais diz que ele era um amante absolutamente excepcional.

Primeiro dia (quarta-feira)

Ela encontra sua localização na rue des Tonneliers, diante da vitrine pintada de branco de uma velha joalheria. Já esteve lá, há dez dias, com a responsável pelo festival off. Gruda o cartaz com fita adesiva numa placa de contramão e, na parte de baixo, grampeia uma folha que anuncia suas leituras:

11h: *Swann se cura de Odette*
15h: *A viagem de trem e a vendedora de café com leite*
18h: *A sonata de Vinteuil*

Senta-se perto, num banquinho de ratã, de frente para três tapetes dispostos em semicírculo, que Anaïs ajudou a carregar no seu Citroën Saxo, e espera. Espera, mas ninguém aparece. *Nem um mané*, diria a sra. Habib. Faltam vinte minutos para as onze, faltam doze, faltam três, e ela nunca se sentiu tão sozinha.

Do outro lado da Grande Rue, crianças de Le Creusot apresentam uma breakdance e têm o quê? Cinco ou seis espectadores. Não é grande coisa, no entanto ela ficaria tão feliz se cinco ou seis pessoas estivessem sentadas à sua frente. É que as pessoas passam pela rua, sozinhas, em dupla ou em família, e seus olhos fazem sempre o mesmo trajeto. Olham para o cartaz, para o programa e, depois, para Clara e, quando a veem, já é tarde demais, sua decisão está tomada: aquilo não lhes interessa. Sua expressão desolada diz isso. *Temos certeza de que você lê bem e apreciamos seu esforço, mas* Swann se cura de Odette *não dá*. Acham bonitinha aquela jovem apaixonada que lê Proust no festival de rua, mas aquilo não lhes diz respeito, não provoca nada neles, eles preferem parar na frente dos dançarinos de breakdance porque rodopiar daquele jeito é incrível, ou então comprar um sorvete no salão de chá perto da catedral, mesmo que o tempo esteja instável, porque sorvete é bom demais.

São onze e cinco, ela não vai se pôr a ler sozinha, em voz alta, sem ouvinte nenhum, seria patético. Então, para disfarçar o constrangimento, começa a passar os olhos pelos textos que sabe praticamente de cor, forçando um sorrisinho para a eventualidade de alguém olhar para ela. Como é que ela pôde achar que daria certo? A gente deve fazer coisas normais na vida. Cabeleireira, tudo bem, ocupa cinco dias da semana, recebe-se um salário no final do mês e, no mês seguinte, começa tudo de novo. Isso tem um sentido, um significado tanto para a cabeleireira quanto para a freguesa, ao passo que se postar na rua, com a esperança de que as pessoas virão sentar-se em tapetes para ouvir trechos de *Em busca do tempo perdido*, é algo que não corresponde a nada no mundo atual, disso não se extrai nada de visível, nada instagramável, ao contrário de breakdance ou de duas bolas de sorvete de baunilha de Madagascar lindamente apresentadas em seu potinho.

Onze e onze. Ninguém. Chega, humilhação. Ela pega a bolsa, vai pedir ao comerciante de doces orientais, na calçada em frente, que vigie suas coisas e sobe a rua.

Na livraria que, por sorte, fica a vinte metros do lugar onde ela lê, avista Flanders, de sobrancelhas franzidas diante da tela do computador. Um pouco mais à frente, alguns atores interpretam uma peça cômica nas janelas de um prédio, mostram-se ora no térreo, ora no primeiro andar, durante o tempo de dizer a sua réplica. Ela para, observa-os sorrindo pela primeira vez no dia. Eles lhe fazem bem porque são engraçados e também porque só representam para uma pessoa além dela, e isso não os impede de parecer felizes. Não é realmente uma peça, mas uma série de esquetes bastante curtos. No final de um deles, ela aplaude e continua seu caminho para o Saône.

Na rue Saint-Georges, um rapaz sentado contra uma parede toca um instrumento que ela nunca viu. Uma espécie de pequeno disco voador de metal com cavidades que, percutidas, produzem cada uma sua própria nota. Ele extrai uma melodia de sonoridades havaianas, delicada, quase enfeitiçante; no entanto, diante dele também, as pessoas apenas passam. Ela para, ouve-o, olha para ele. A expressão compenetrada de seu rosto, suas mãos longas e precisas e mesmo seus dedos comportados nas sandálias exercem sobre ela um efeito reconfortante, sensual. Seu sonho da manhãzinha lhe volta à memória, ela se lembra de seu corpo encaixado no de Proust, a sensação de sua pele lisa, e percebe que faz uma data que não transa. O músico deve sentir que algo desse tipo está acontecendo, pois, mesmo sem parar de tocar, olha para cima e lhe sorri. Ela se afasta, vai embora, topa com um Arlequim montado em pernas de pau, soberbo. Máscara preta adornada com penas brancas, fantasia com as cores das balas de Natal. Ele se inclina para ela quando ela passa e começa a segui-la. Ela acelera o passo, ele a deixa ir, com ar desconsolado.

Ela adora essa atmosfera meio louca, criativa, é o que está pensando quando chega aos cais. Esse festival é feito mais para ser vivido como espectador do que como artista. Houve um erro de cálculo, de escalação. Ela vai ligar para a responsável pelo festival off e perguntar se é possível parar, não vir à tarde. Com zero espectador na primeira leitura, a outra certamente vai entender.

Ela se senta num banco à margem do Saône. Seu olhar pousa na margem oposta e, em seguida, num casal de corredores que vem chegando à direita, um homem e uma mulher correndo lado a lado, que ela reconhece imediatamente. JB e Isabelle Audoin. Ela logo pega a bolsa e mergulha nela a cabeça, como se estivesse procurando alguma coisa... Enquanto eles passam à sua frente, com roupas pretas e justas, ela não consegue se conter, endireita-se um pouco. Absortos em seus passinhos, eles não prestam atenção a ela que, em compensação, nota duas coisas. A primeira é que JB engordou. Só um pouco, mas o suficiente para se perceber, entre os quadris e a parte de cima das coxas. Não é muito bonito. A segunda é que a garota que o acompanha não é Isabelle Audoin. É uma loira de rabo de cavalo extremamente magra, exceto nos seios e nas nádegas. Nada a ver com a adorável professora da escola de viticultura de Beaune que, sem ter pedido nada, acabou sendo responsabilizada por Clara pelo fracasso de seu relacionamento. A vida, às vezes, faz piadas.

Ela almoça uns sushis em seco e depois, voltando para a rue des Tonneliers, liga para a responsável pelo festival off, e esta lhe diz que não, que ela não pode parar no primeiro dia, não seria correto para com o comitê que a selecionou, que ler Proust, de fato, atrai menos gente do que breakdance, mas que isso a distingue, a faz destacar-se da massa, que ela havia justamente falado sobre isso com uma amiga que faz frila no *Journal de Saône-et-Loire*, que ela lhe disse *Você deveria falar dessa menina que lê Proust*, e essa amiga respondeu que vai tentar publicar alguma coisa na edição de sábado, o que seria ideal, pois o festival só decola de verdade no fim de semana...

Alguém está sentado nos tapetes.

São duas e cinquenta e sete, não pode ser coincidência, alguém ter se sentado por estar cansado de andar. Não, é evidente, ele está esperando a leitora, o início da leitura.

Eles se cumprimentam educadamente. Ela se acomoda, percebe que está com medo, lembra-se da pergunta que a sra. Habib lhe fez a respeito. Afinal, é sua primeira leitura em público. Da bolsa, tira o livro e a garrafinha de água, bebe, pigarreia e se dirige ao seu único espectador:

— Eu vou ler um trecho de *À sombra das raparigas em flor*. É uma passagem de que gosto muito. Estamos no trem com o herói e sua avó, indo para Balbec, na costa da Normandia.

O outro, um sexagenário miúdo e bronzeado, que deve ser ciclista, aquiesce e, em vez de ouvir, pergunta-lhe:

— Você gosta de Fabrice Luchini?

Ela não entende a pertinência da pergunta, mas responde que sim, pondo o indicador na frente da boca para convidá-lo a ficar em silêncio. Abre o livro e depois fecha brevemente os olhos, para esvaziar a mente e estar apenas lá, naquele lugar, naquele momento, e se lança:

— *As auroras são um acompanhamento das longas viagens de trem, assim como os ovos cozidos, os jornais ilustrados, os jogos de cartas...*

Ouvir sua voz de leitora lhe dá a impressão de encontrar uma amiga muito querida. Por seu corpo se difunde um calor, uma força, a sensação de que, quando lê para os outros em voz alta, nada de grave pode lhe acontecer. Ela é feita para isso, para levar aos ouvidos alheios a música das palavras, não deve mais duvidar.

— *... A paisagem tornou-se acidentada, abrupta, o trem parou numa pequena estação entre duas montanhas...*

(Uma jovem vendedora, com faces rosadas, vai aparecer e oferecer café com leite para os passageiros do trem. Ao vê-la, Marcel vai sentir gosto pela beleza e pela felicidade, a ponto de imaginar o prazer que teria em viver com ela, acompanhá-la em suas atividades diárias. Clara adora essa evocação luminosa que quem lê não sabe se relata um sonho ou uma lembrança.)

— ... *Acima de seu corpo muito alto, a pele de seu rosto era tão dourada e rósea que ela parecia estar sendo vista através de um vitral iluminado.*

Dois tracinhos inclinados a convidam a fazer uma pausa. Ela ergue os olhos para avaliar o efeito da leitura sobre seu espectador, mas ele desapareceu. Quando? Ela não sabe. Poderia muito bem estar lendo para ninguém há dois minutos. Ou melhor, não totalmente ninguém, pois o comerciante de doces orientais está no umbral da porta, de braços cruzados sobre o avental que cobre sua barriga proeminente. Ele lhe faz um sinal com o queixo antes de voltar para dentro, e ela passa algum tempo com o livro no colo, ombros relaxados, sem nenhum pensamento preciso...

— Tudo bem?

Uma garota que ia passando pela rua para perto dela.

— Bah.

— Você parece completamente...

— Eu não tenho ninguém. Havia alguém, mas...

Não tem coragem de continuar.

A outra vem sentar-se diante dela, nos tapetes. É uma moreninha de belos olhos de corça e queixo pontudo. Veste regata cáqui e exala leve cheiro de suor.

— O primeiro dia é sempre morto. As pessoas não ousam parar. Elas identificam o que interessa, com a previsão de voltar. Aliás, não representamos hoje. A gente começa amanhã. Mas, mesmo amanhã, vai ser morto. A coisa decola na sexta-feira.

— Você está atuando numa peça?

— Isso. Em Port-Nord, com uma trupe. *Feliz Natal e bom apocalipse*, é o nome. Você deve ter visto os cartazes. É mais uma caminhada que uma peça. A gente convida o público a perambular pelo que acreditamos ser o mundo pós-apocalíptico.
— Uau.
— Meu nome é Mathilde.
— Clara.

Apertam-se as mãos.

— Clara que lê Proust...
— Isso, bom, não muito esta manhã.
— Vai mudar — diz Mathilde, pegando *À sombra das raparigas em flor*, que folheia antes de comentar: — Proust, nunca tive coragem. É como Dostoiévski, caras assim. Eles me intimidam, de verdade.
— Não deveriam.
— Não é... *pesado*?
— Pelo contrário, é leve. Enfim, eu acho. Com ele eu pairo.

Mathilde encontra um trecho ao acaso, lê para si mesma antes de fazê-lo em voz alta, destacando bem as sílabas:

— *Um desgosto causado por uma pessoa que amamos pode ser amargo, mesmo quando inserido em meio a preocupações, ocupações, alegrias, que não têm esse ser por objeto e das quais nossa atenção só se afasta de vez em quando para voltar a ele...* É filosofia, na verdade.

Clara sorri.

— Você não acha que faz bem?

— Não sei, preciso pensar. — Mathilde ri.

Ela devolve o livro e, em seguida, faz-se um silêncio durante o qual Clara observa a fachada do prédio da frente, em especial uma chaminé, bem no alto, que o sol recém-surgido colore de um amarelo incandescente.

— Venha.

Mathilde, levantando-se, estende-lhe a mão.

— Estou te raptando.

— Aonde estamos indo?

— Não vou dizer.

Clara se levanta.

— Preciso ler às seis horas.

— A essa hora você já voltou.

— Preciso pedir ao senhor da frente para tomar conta das minhas coisas.

Ela pede ao senhor da frente que vigie suas coisas e depois as duas sobem a rua lado a lado. Parecem duas irmãs.

O Port-Nord ela só viu de longe. É uma espetacular área industrial abandonada, uma paisagem de ruínas metálicas, galpões com tetos de vidro quebrados, lagoas esverdeadas certamente tóxicas. Guindastes e passarelas desenham umas espécies de esqueletos no céu, o ar põe as polias a ranger, dando a impressão de que ouvimos gritos. No meio desse pesadelo, um coletivo de artistas se instalou num antigo armazém. Dentro, encontra-se um piano de *saloon*, um cabideiro de rodinhas com as indumentárias cênicas, um caixote cheio de alcachofras, uma bicicleta suspensa do teto e uma coleção de portas de todas as cores que devem servir como cenários. Mas, nessa tarde, o espaço está deserto, a vida se concentra do lado de fora, no grande terraço de madeira em frente à entrada. Ali, numa confusão de mesas e bancos, há quem tire acordes de um violão, quem converse esmagando o cigarro num cinzeirinho de aço inoxidável, quem pense sozinho num canto, com os braços em volta das pernas dobradas e o olhar perdido no Saône, que passa a poucos metros de distância. Para Clara é uma revelação. É possível viver assim, há essa opção, não é obrigatório ir todos os dias cortar, cachear cabelos, fazer permanente em mulheres que não encontraríamos em outras circunstâncias.

— Apresento a Clara — diz Mathilde ao grupo. — Ela lê Proust na rue des Tonneliers.

O violão silencia, as cabeças se erguem, voltam-se, ouve-se um *Oi, Clara*. Dirigindo-lhes um leve aceno com a mão, ela identifica um rosto conhecido. O músico da manhã. Ele está lá, na frente dela, bem na frente, como se estivesse preparado. Está terminando de enrolar um cigarro, com um pé descalço sobre o banco. Seu sorriso é o mesmo da rue Saint-Georges. É alto e esguio, quase magro.

Mathilde pergunta a Clara o que ela quer beber. *Uma cerveja*, responde ela, antes de procurar com o olhar o músico que faz um sinal para que ela vá se sentar na frente dele. O violão volta a tocar. O tempo está muito bom. O Saône, ao sol, tem reflexos opalinos.

Segundo dia (quinta-feira)

Ela não deve ter dormido mais de quarenta minutos na noite anterior e, apesar disso, não sente nenhum cansaço. Há uma hora tem abordado os transeuntes que lhe parecem ter boa cara na rue des Tonneliers. *A senhora conhece Proust?* ou *Algo me diz que o senhor gosta de Marcel Proust.* E, quando ninguém está passando, ela se põe a fazer isso na rue aux Fèvres. *Se eu disser* No caminho de Swann, *você pensa em quê?* As pessoas se prestam ao jogo — estão passeando, de férias, ela é jovem, bonita.

Ontem à noite, no Port-Nord, Mathilde e os outros explicaram que ela tinha de ir catar seu público. *Pelo cangote, como uma gata com seus gatinhos.* Principalmente com o que ela está oferecendo. À parte alguns fãs incondicionais de Proust, as pessoas nunca virão por si mesmas se sentar em tapetes para ouvir uma leitura intitulada *A viagem de trem e a vendedora de café com leite.* É preciso gabar a beleza da prosa, o prazer que eles vão sentir, a satisfação que terão, no futuro, ao ouvirem os nomes Swann, Charlus ou Guermantes e saberem de quem se está falando.

E, entre as leituras, nada de ficar sentada contemplando as chaminés do telhado em frente ou batendo papo com o vendedor de doces orientais. Precisa fazer sua publicidade. Distribuindo panfletos, por exemplo. Reproduções em formato de cartão-postal do cartaz desenhado por Patrick, de que ela encomendaria quinhentos exemplares à Top Office...

Ela faz todas essas coisas com uma facilidade surpreendente, um prazer perceptível, comunicativo. As noites curtas são estimulantes e, além disso, arde nela um fogo que aniquila qualquer medo. Ela se sente levada pela noitada que passou, pelas pessoas que conheceu, pela criatividade delas. Pela leitura que ela lhes fez pouco depois da meia-noite, à luz vacilante de castiçais colocados nos quatro cantos do terraço, de um de seus trechos favoritos da *Busca*, um dos mais bizarros, dos mais cruéis, quando os Guermantes, prestes a sair para uma noitada social, fazem pouco caso de Swann, que acabou de anunciar que está com uma doença mortal. *Você está em forma como o Pont-Neuf, vai nos enterrar a todos!* Sem falar do momento seguinte com Paolo, o belo tocador de hang, sob um telhado de vidro do armazém, num canto que lembra uma cabine de barco, momento de palavras que se tornaram carícias, nos primeiros clarões do dia.

Sua campanha publicitária está dando frutos. Oito pessoas (uma multidão) assistem à sua leitura das onze horas. Cabe dizer que ela começa com tudo, porque ataca o dia com *A pequena madeleine*.

— *Mas no mesmo instante em que o gole misturado às migalhas do doce tocou meu palato, estremeci, atento ao que ocorria de extraordinário em mim...*

Vinte minutos de felicidade, ao cabo dos quais irrompem aplausos na rue des Tonneliers.

Às três horas, há um pouco menos de gente, cinco pessoas no início da leitura, seis no final, o que era previsível. As ruas se esvaziam depois do almoço antes de se encherem de novo e, além disso, o trecho que ela lê não é tão conhecido como o da *madeleine*, é *O aparecimento de Odette na avenue du Bois*.

— *De repente, na areia da alameda, tardia, vagarosa e exuberante como a mais bela das flores que só se abre ao meio-dia, aparecia a sra. Swann, desabrochando em torno de si um traje sempre diferente, mas que lembro ser principalmente malva...*

Levantando a cabeça enquanto lê, ela vê um celular filmando. Alegria, brilho, como há outros durante esse dia mágico. A transeunte dizendo: *Ler Proust na rua, é preciso ter colhões!* Flanders, vindo vê-la para informar que vendeu dois exemplares de *No caminho de Swann* antes do almoço. *Você vai relançar as vendas de Proust com suas leituras!*

E, mais tarde, o presente, a recompensa, quando, entre uma dezena de pessoas que vieram ouvir *Como funcionam as lembranças*, às seis horas, ela reconhece a sra. Habib, Nolwenn e Patrick. Jacqueline tão chique como se comparecesse à entrega da Legião de Honra no palácio do Élysée, Patrick com uma camiseta preta com a inscrição *I'd rather be dead*, Nolwenn acenando para ela. É tomada por uma emoção que ela mantém à distância durante a leitura.

— ... *A melhor parte de nossa memória está fora de nós, numa aragem chuvosa, no cheiro de um quarto fechado ou no de uma primeira labareda, onde quer que encontremos de nós mesmos aquilo que nossa inteligência havia desdenhado por não lhe ver serventia...*
Depois disso, os quatro se reencontram.

— Eu não entendi tudo, mas você lê muito bem, dá a impressão de que fez isso a vida toda. (Nolwenn)

— Você é simplesmente *the best*. Alguém está a fim de um chope? (Patrick)

— O que você não entendeu? (sra. Habib para Nolwenn)

— Nada. Bom, tudo. Está dito de um jeito complicado, acho. (Nolwenn)

— Pelo contrário, é muito simples. Ele explica que o que reaviva melhor as lembranças são os detalhes que a gente memorizou sem perceber, como o cheiro de um quarto ou o fogo da lareira. (Sra. Habib)

— Ninguém está a fim de um chope? (Patrick)

Lá estão eles na calçada de um café, na rue Saint-Vincent, na hora em que o sol, na horizontal, corta os rostos deles em dois. A sra. Habib, relaxada depois de tomar um americano, começa a falar dos pais, o que nunca aconteceu. Ela não sabe quem é seu pai, foi criada pela mãe e pelas tias, e Clara entende que seu medo de abandono não é de uma pessoa adulta, mas sim de uma criança que viu as mulheres ao redor abandonadas, entregues à própria sorte. Patrick ouve, atento, tragando um cigarro que ele passou um tempo louco enrolando. Nolwenn, distraída, observa os transeuntes desfilando pela ruela antes de surpreender a todos com um anúncio:

— Preciso dizer uma coisa.

Silêncio em torno das duas mesinhas, na expectativa de um drama.

— Tirei a carta — diz, no mesmo tom com que diria as horas.

— A carta... de motorista? — pergunta Patrick.

Nolwenn faz que sim com a cabeça.

— Repeti tudo sem dizer a vocês porque achava que ia ser reprovada de novo. Mas, bom, passei.

— Que legal — diz a sra. Habib, que, emocionada e desinibida pelo coquetel, gira à esquerda para abraçar a funcionária. — Estou muito orgulhosa de você.

Clara levanta o copo na direção de Nolwenn.

— Muito bem — diz sorrindo, antes que seu olhar se deixe prender por um homem alto e moreno, que se aproxima da mesa, inclina-se e a beija no pescoço.

Paolo se juntou a eles com seu disco voador em miniatura, suas belas pálpebras pesadas, seu à-vontade. Paolo, que a despertou de manhã cantando "Águas de março", enquanto passava o indicador sobre os contornos de seu rosto. *É pau, é pedra, é o fim do caminho...* Ele fala do calor que está fazendo, do fim de semana que se aproxima e de uma garota meio doida que, enquanto ele estava tocando, cochichou ao seu ouvido *Com você eu me caso sem pensar.*

Clara o ouve olhando para os outros. É bobagem, mas, em todo esse tempo, sem razão precisa, talvez por esse dia ter sido realmente um sucesso, porque ele não se repetirá, porque, à medida que passa, ele é, por assim dizer, já passado, ela precisa fazer um esforço para segurar as lágrimas.

4
EPÍLOGO

Será preciso dizer-lhe

Da estação de trem, iriam diretamente para o hotel, mas, pouco antes de chegarem, Isabella quis ver o salão de beleza onde a mãe trabalhava antigamente. Aquela história sempre a intrigara. Quando era pequena, contava-a até para quem não perguntava nada. *Antes a minha mãe era cabeleireira.* Hoje, as pessoas que conhecem Clara em geral sabem qual foi sua primeira profissão, e a filha, que já não é criança, não sente necessidade de falar do assunto. Mesmo assim, tem muita vontade de ver o salão — ou, se ele tiver deixado de existir, o lugar onde estava situado.

É uma manhã de setembro, fresca, mas luminosa. Clara, que não tem compromisso no teatro antes do meio-dia, conta com duas horas de liberdade e, no fundo, está com o mesmo ânimo de Isabella. Nunca mais pisou em Chalon, faltou-lhe oportunidade. Seus pais moram no Morvan, a irmã, em Louhans, e a amiga Anaïs se mudou para Lisboa. Só mesmo a representação da noite para trazê-la de volta depois de todos esses anos.

Ela liga para o hotel, dizendo que não a esperem, depois retorna a pé pelo boulevard de la République com a filha. No final, viram à esquerda em direção à cidadela. O salão não era longe. Isabella, acostumada à agitação parisiense, reage do mesmo modo a cada vez que escapa de Paris. Acha tudo encantador, aconchegante, não está lá nem há dez minutos e já fala em ir passar um tempo ali depois das provas do *baccalauréat*. Clara, atenta às transformações da cidade, constata que pouca coisa mudou. O comércio, talvez um pouco. Uma Fnac se estabeleceu na rue du Général-Leclerc, e a impressão é que os habitantes da cidade só se alimentam de tacos ou *kebabs*. Mas a personalidade de Chalon, que para ela é de uma resistente aos assaltos da feiura e da ganância, de uma combatente que se sairia melhor se não estivesse tão sozinha, parece-lhe inalterada.

Na avenue de Paris, seus olhos pousam no cartaz de um espetáculo programado na última edição do festival Chalon na Rua, desenho estilo Jean-Marc Reiser que a remete para o passado com tanta eficácia quanto o faria alguma canção que ela não tivesse ouvido há algum tempo. Tudo lhe volta à memória, o banquinho de ratã, os tapetes que Anaïs a ajudava a transportar, a lista das leituras presa com fita adesiva sob a placa de contramão, e ela percebe que a filha não sabe muita coisa sobre aquele período de sua vida — sua paixão por Proust, a importância que o livro dele havia adquirido para ela, a virada que ele possibilitou do mundo em que ela vivia para o da arte, dos artistas, o único, afinal, que poderia tornar sua vida empolgante. Será preciso dizer-lhe, contar-lhe aqueles meses meio loucos, em que Clara teve a impressão de correr cada vez mais rápido, de tomar impulso e saltar o mais longe possível. Como entender de outro modo o fato de dedicar a vida a levar os grandes textos até os outros, ou seja, a tentar todas as noites produzir nos outros o deslumbramento que tinha sentido ao ler *Em busca do tempo perdido*?

Além de tudo, é uma história edificante. Não é grande o número de pessoas que se reinventam. Geralmente aceitamos como inquestionável a versão da realidade que nos apresentam em primeiro lugar, abstemo-nos de contestá-la por falta de audácia, porque é mais fácil, mais cômodo e, ao fazê-lo, vivemos a vida imperfeita e frustrante de alguém que só se parece conosco de longe. Ela tem poucas certezas, cada vez menos, para dizer a verdade, mas tem como certo o seguinte: não percebemos até que ponto nosso destino é moldado pelos outros.

Chegando à place de la Libération, elas param durante um tempo para Clara se localizar. A farmácia que está vendo não existia, está no lugar do café da esquina, tocado por aquela loira oxigenada que ia visitá-las quando abriam e cujo nome lhe escapa.

— O salão ficava naquela ruela — diz, apontando. — Do lado esquerdo.

Isabella levanta uma sobrancelha, trejeito que pegou do pai.

— Estranha a localização. Nada comercial de fato.

— É verdade, era estranho, um salãozinho escondido, enquanto havia outros bem visíveis na praça. E, ainda por cima, na ruela, ele ficava recuado, ninguém via. Acho que a minha chefe não tinha senso comercial.

— Que fim ela levou?

Clara se lembra do telefonema da mãe, dois ou três anos talvez depois de sua partida de Chalon. Annick tinha lido no *Journal de Saône-et-Loire* que uma mulher havia morrido na estrada de Tournus porque usava o celular no volante de seu Mayfair. *Sra. Habib, não era o nome da sua ex-chefe?*

Ela se prepara para responder à filha, mas não tem tempo. Entraram na ruela, Isabella avistou o recesso e se afasta, com pressa de ver se o salão continua lá. Quando Isabella para, Clara não sabe o que ela está vendo.

Ainda é um salão de beleza, com a mesma porta de vidro à esquerda e a mesma vitrine, ao lado, não escondendo nada do interior. Mas o lugar se chama *L'Hair du temps*, as paredes são pintadas de verde-pálido, a decoração é minimalista e não há balcão. E, claro, o pessoal mudou. Uma cabeleireira, apenas uma, provavelmente a chefe, está meio sentada atrás de um adolescente cuja nuca está raspando. Tem uns 40 anos, é bastante forte, seus cabelos são curtos. Clara acredita reconhecê-la. Sim, é ela, é Nolwenn, dezesseis anos mais velha. Esta, sentindo uma presença na ruela, vira a cabeça para a esquerda. Avista Clara e, rapidamente, desvia o olhar. Não a reconheceu. Empurra os óculos no nariz e fala com o adolescente, que lhe responde com um sorriso. E, enquanto Clara matuta que provavelmente é melhor assim, que há lembranças que não devem ser despertadas, vê Nolwenn virar de novo a cabeça em sua direção, devagar desta vez. Aquela mulher, do outro lado do vidro... seu rosto lhe diz algo.

AGRADECIMENTOS

Ao Centre National du Livre e à Região Borgonha-Franco-Condado, que concedeu uma bolsa para a redação deste livro.

E a Emmanuel Delorme, Pascaline Fornot, Gabrielle Lécrivain, Frédéric Le Roux, Aurore Mamet, Laurent Mauvignier, Jean-Noël Pancrazi, Quentin Piters, Maud Simonnot, Laurence Torzo, Michaël Uras e Claude Vercey pela tão inestimável ajuda.

Este livro foi composto na tipografia ITC Souvenir Std,
em corpo 10/16, e impresso em
papel off-white no Sistema Cameron da
Divisão Gráfica da Distribuidora Record.